LE CHERCHE MIDI

# FLAMBOYANT CRÉPUSCULE D'UNE VIEILLE CONFORMISTE

Conception graphique : Justine Dupré
Composition : Peter Vogelpoel

Dépôt légal : janvier 2024
ISBN 978-2-7491-7718-2

Vous pouvez consulter notre catalogue général
et l'annonce de nos prochaines parutions
sur notre site : www.cherche-midi.com


92, avenue de France, 75013 Paris

# EMMANUELLE PIROTTE

# FLAMBOYANT CRÉPUSCULE D'UNE VIEILLE CONFORMISTE

roman

LE CHERCHE MIDI

# LUNDI

Mon nom est Dominique Biron, et je n'ai jamais réussi à m'y faire. Depuis près de quatre-vingt-deux ans, je hais de toute mon âme ce que ces cinq syllabes expriment d'invisibilité, de tiédeur insipide, de discrétion bigote. Dominique Biron, on ne sait même pas ce que c'est pour un être humain. Si c'est une femme, il faut le dire vite ; à la rigueur une nonne en laides sandales qui va soigner les lépreux, ou torche le derrière des pauvres au Bangladesh. *Dominique, nique, nique, s'en allait tout simplement*... Quand j'étais petite, je voulais m'appeler Esméralda Fuego, ou Aurore de Brocqueville, comme deux filles de ma classe qui ne me parlaient pas. Je griffonnais fébrilement ces noms sur les feuilles de mes cahiers de brouillon, que j'arrachais aussitôt et que je déchirais rageusement en d'innombrables morceaux. J'étais colérique et envieuse, mais je le cachais habilement, j'ai appris très tôt l'art de la dissimulation, grâce à un modèle parental d'une efficacité sans faille. Seul le bon Dieu voyait le fond de mon âme de petite garce hypocrite, mais il était moins à craindre que mon père – les cinq femmes de la maison étaient toutes d'accord là-dessus. Un jour, j'ai demandé à ma mère pourquoi elle m'avait appelée Dominique, elle m'a distraitement caressé les cheveux et a lâché, avec son air de bonté gélatineuse dont j'ai hérité, que c'était respectable, pudique, que ça sonnait honnête, comme l'honnête famille que nous formions, ma mère Odette, mon père Henri, mes trois sœurs, Marie-Paule, Jacqueline, Bénédicte, et moi.

Je m'appelle Dominique Biron et j'ai décidé de mourir dans trois jours. C'est le temps qu'il a fallu au Christ pour revenir d'entre les morts, ça me suffira bien pour faire mon petit ménage.

On m'a diagnostiqué Alzheimer il y a six mois, et je sens bien que je serai à l'ouest beaucoup plus tôt que prévu. Le docteur a dit, ça évolue lentement, vous savez, vous avez encore de très beaux moments devant vous, à partager avec vos enfants et vos petits-enfants, profitez, chère madame Biron, profitez ! Abruti. J'ai répondu, de ma voix enjouée de vieille bourge, mais certainement, docteur, on y croit, et merci encore ! Et lui qui prend son air de dire, mais voyons, c'est tout naturel, avec plaisir, comme s'il m'avait annoncé que j'étais enceinte. Et on est sortis du cabinet, avec ma fille Catherine et mon gendre Gaétan. Elle me tenait par le bras, et lui marchait derrière nous, la main ouverte suspendue près de mon dos mais sans le toucher, comme il le fait d'habitude, au cas où ma carcasse lui tomberait dessus. Sa grande main osseuse en guise de rambarde… il ne saura jamais à quel point ça m'agace.

On est montés dans la Volvo XC90 flambant neuve. J'ai eu l'impression que je sentais un peu la pisse. C'était très léger, sans doute uniquement perceptible par moi. Il m'avait pourtant semblé avoir changé ma protection… Le trajet entre l'hôpital et ma villa de Rixensart ne dure qu'une vingtaine de minutes, mais c'est déjà trop long à meubler, surtout après une pareille douche froide. Enfin, ce n'était pas vraiment une surprise. Mais tant que le verdict n'était pas officiellement tombé, ma fille avait préféré jouer la carte du déni plutôt qu'affronter la vérité. Elle a toujours agi de la sorte, et c'est ainsi que je l'ai éduquée. Quant à Gaétan, il ne pense rien tant que sa femme ne lui en a pas donné l'autorisation. Ce jour-là, je lui dis, vous n'avez pas un oncle qui a Alzheimer, vous, Gaétan ? Et en guise de réponse, il me parle de la dernière pièce qu'ils sont allés voir au théâtre avec Catherine. C'est lui qui a l'air du vieux qui déraille… Et il continue, vous devriez reprendre un abonnement, maman, cela vous ferait du bien. Mais un regard assassin de Catherine dans le rétroviseur lui cloue le bec. Il n'a pas le droit d'aborder Alzheimer, mais pas plus celui de me proposer le théâtre, et je sais pourquoi : cela les obligerait à venir me chercher une fois par mois depuis Bruxelles où ils habitent et à me ramener, ou pire, à me loger. Alors il continue à me raconter cette pièce où un nième pauvre type a traversé l'Afrique et l'Europe pour échapper à la guerre, ou à la faim, je ne sais plus trop. Je me demande combien de temps les migrants seront encore à la mode…

Le covid a tout balayé, c'est devenu notre unique obsession, notre seul ennemi, et on en a oublié que des gens pouvaient crever d'autre chose, on a perdu de vue que le monde n'était pas au mieux de sa forme.

Notez, cela m'aurait bien arrangée d'être emportée par le covid.

J'ai continué à voir ma petite-fille, Victoire, qui depuis le début de la pandémie vivait sa vie sans respecter les mesures sanitaires, elle venait d'avoir dix-huit ans et de tomber amoureuse, elle et son chéri passaient leur temps dans des fêtes clandestines. Elle me rendait visite une fois par semaine. C'était notre secret. Je n'ai jamais cessé de l'embrasser, de la serrer longtemps dans mes bras. Tous les autres m'ont abandonnée à la solitude pendant des mois, et quand ils ont enfin osé repasser mon seuil, ils se tenaient à un kilomètre de moi, la moitié d'une fesse sur leur chaise, comme prêts à décamper en cas d'attaque nucléaire, avec leurs yeux d'oiseaux terrifiés par-dessus leurs masques. Aussitôt dans la pièce, ils ouvraient la fenêtre, même s'il gelait. J'ai chopé une bronchite, je me suis dit, c'est bon, c'est le machin qui me tombe dessus, enfin ! Mais non, juste une petite bronchite, quelques jours d'antibios et c'était fini.

En réalité, je m'en fous du théâtre, ma pauvre Catherine, ne te tracasse pas, ça ne m'intéresse plus. J'y allais avec trois amies du club de bridge, une fois par mois. Deux sont mortes, l'autre est partie vivre avec un de ses enfants en Espagne. Et moi, je me suis retrouvée seule, enfin, un peu plus seule. Est-ce que Rosa, Mado et Véro me manquent ? Oui et non.

Les fréquenter avait fini par me rendre ma propre vieillesse odieuse. Les voir se faner, contempler leurs chairs se liquéfier, penser à leurs organes, là, derrière la peau flasque, qui se débinent, sans parler des cerveaux plus tout à fait d'équerre, c'était devenu un miroir vraiment trop redoutable. Je suis une lâche. Je l'ai toujours été. C'est l'unique raison qui m'a permis de mener cette existence pourrie, cette vie fausse que je partage avec les 90 % des gens de mon âge en Occident.

J'ai vécu avec un petit homme sans âme et sans aucune séduction, mort avant même d'être né, j'ai fait trois enfants qui m'ont apporté du bonheur, certes, mais je peux avouer aujourd'hui que deux d'entre eux étaient superflus. Catherine et John auraient pu ne pas naître, je ne m'en serais pas portée plus mal. Mais Dorothée… Ah, pour Dorothée, j'avais un faible. C'est pour elle que j'ai failli quitter Jean-Luc, un soir de décembre alors que je venais de lui annoncer que j'avais un amant. C'était un mensonge, je n'aurais jamais osé faire l'amour avec un autre homme que lui, j'étais fascinée par le sexe, mais terrifiée par la perspective du péché. Notez, je ne crois plus en Dieu, mais j'ai gardé un vieux fond de culpabilité aussi tenace et despotique qu'une maladie chronique. Je me demande ce que ça donne, un malade d'Alzheimer rongé de culpabilité… Rien de réjouissant, de toute façon. Cette crasse vous fait devenir une sorte de monstre pathétique, méchant, bébête, méprisant, et avec mon foutu caractère, il y a peu de chances que je fasse partie des vieux avec qui la saleté de maladie est plus magnanime. Je sais ce que je deviendrais si je voulais vivre, et ce n'est pas quelqu'un avec qui vous auriez envie de prendre un café, croyez-moi.

Vieillir, ça se vit seul, en tout cas pas entouré d'autres vieux. Récemment, j'ai entendu une pub pour une maison de retraite, il y avait cette femme, une bobonne bien comme il faut, un peu mon style, et elle expliquait qu'elle avait voyagé avec feu son mari, la Chine, le Brésil, la Nouvelle-Zélande, et viens que je t'en mets plein la vue, et que maintenant je continue à voyager, depuis mon petit salon qui pue le pet et la naphtaline, dans ce *home* tellement merveilleux ; enfin, c'est dans ses souvenirs qu'elle circule maintenant, mais elle a l'air de trouver ça « formidaaable ». J'ai eu des envies de meurtre. D'abord de la buter, elle et sa voix de bourge du Brabant wallon à la prononciation chuintante, elle et tout ce qu'elle incarne de médiocrité, ce qu'elle révèle de notre monde. Elle est ma sœur, mon double, sa voix ressemble à s'y méprendre à la mienne, et quand elle évoque sa vie, je m'entends raconter la mienne à des inconnus croisés dans une salle d'attente médicale ou chez des amis : oui, du temps où mon mari vivait encore, nous faisions une fois par an un grand voyage, croisière au Spitzberg, visite des parcs américains, le Japon, Sumatra…

C'étaient toujours des voyages organisés pour les vieux cons, tour-opérateur semi-luxe, chaînes hôtelières internationales, nourriture *ad hoc*, à quelques exceptions près. Un jour que nous étions à Sumatra depuis l'avant-veille, je demandai à Jean-Luc quand nous irions voir Bangkok… Cela a bien fait rire la famille au retour, et Gaétan raconte cette histoire à chaque réveillon de Noël depuis quinze ans, une fois qu'il a descendu quelques coupes de champagne. Il attend toujours l'assentiment de Catherine. Je vois sa mine de chien fidèle un brin anxieux, ses grands yeux tournés vers elle, le petit hochement de tête de ma fille qui lui dit, allez va, tu peux, je te donne ma bénédiction, oui, c'est bien, je te vois, je te vois, amuse-toi. Moi, chaque fois, je joue le jeu, je rougis comme une gamine, et je glousse en me cachant pudiquement la bouche avec ma serviette où je dépose un peu de rouge à lèvres, comme une bonne fille éduquée dans les années 1950, une époque où une femme de mon milieu ne pouvait pas rire à gorge déployée sans être prise pour une pute.

Je ne connais pas les habitants de Sumatra, je ne sais même pas comment ils se nomment, les « Sumatrais » ? les « Sumatrins » ? Aucune idée. Je ne connais rien à l'histoire de cette île, sinon que des Hollandais en collerette sont allés y mettre leurs culs de protestants bouffeurs de gouda à une époque lointaine, je n'ai rien retenu d'autre de ce qu'un guide nous aura probablement déballé. Enfin, on avait les photos, qu'il fallait montrer solennellement le dimanche sur l'écran de télé, devant des gosses qui bâillent. Allons, Gaspard, Élodie, Jean-Baptiste ! Regardez comme mamie et papy ont vu de belles choses ! Vous n'avez rien à leur demander sur leur voyage ? Généralement la question générait des regards mous et gênés. Pauvres gamins. Mais quand nous sommes rentrés des États-Unis, Victoire, six ans, avait demandé : est-ce que les Indiens peuvent voyager dans un corps de loup, ou d'aigle ?

J'aurais voulu pouvoir lui répondre. Cela m'avait semblé une question essentielle, soudain, la plus importante sans doute, et je m'étais sentie complètement désemparée. Nous étions allés dans cette réserve cheyenne, nous les avions vus danser et chanter, et cela m'avait rendue triste, je ne savais pas trop pour quelle raison. Et ma tristesse avait agacé mon mari, qui avait décidé de bouder pendant trois jours. Trois jours, jamais plus, jamais moins. J'ai eu plus d'une fois envie de le battre quand il se retranchait derrière sa face contrariée et faisait semblant de ne pas me voir, de ne pas m'entendre. Un jour, dans le désert de Gobi, je lui ai fait un croche-pied et il s'est étalé dans la poussière, devant tous les autres vieux esbaudis. Il saignait du nez. J'ai fait semblant de ne pas l'avoir fait exprès. Lâcheté et mensonge sont les mamelles de mon destin.

Les pulsions assassines, c'est quelque chose qui me prend très souvent ces temps derniers. Vis-à-vis d'inconnus, mais aussi de proches, même de mes enfants et de mes petits-enfants, de Souad, la gentille Marocaine qui vient faire mon ménage et mes repas. Hier, elle a brûlé son tajine. Déjà que je n'en raffole pas.

J'ai eu envie de dégommer Gaspard, le cadet de Catherine, qui a douze ans, pas plus tard que la semaine dernière. On se retrouve chez ma fille pour le poulet du dimanche, une corvée que j'accomplis avec mon éternel sourire. Parce que je suis quelqu'un qui sourit beaucoup. Ah oui, j'ai une réputation à tenir, voyez-vous. Mamie, tu es un soleil, me dit robotiquement et chaque dimanche ce même Gaspard à qui j'ai rêvé d'arracher les bras. C'est l'image qui m'est venue. Les bras. Un petit manchot. Mon petit Gaspard.

Je l'aime bien, pourtant. Je ne m'explique pas ces bouffées, ces pulsions de mort qui me submergent. Peut-être est-ce déjà la maladie…

Nous sommes le lundi 23 novembre, je me suis levée à 8 heures, réveillée à 5 h 34. J'ai décidé de ne jamais me lever avant 8 heures, que pourrais-je bien faire plus tôt, dans le noir et le silence de la nuit qui s'achève? Alors je regarde le plafond, et je pense. Enfin, je laisse les images me visiter. Je ne réfléchis pas vraiment à quelque chose de précis. Je n'ai jamais été très bonne à cet exercice. Mon père a toujours prétendu que je n'étais pas une intellectuelle. À la fin de mes études secondaires, je voulais devenir spécialiste des grands singes, mais mon père a décidé que j'allais apprendre la sténographie. Il était greffier au tribunal de Nivelles et m'a obtenu un poste là. Je l'ai quitté en 1965 quand je suis tombée enceinte de John. Et je n'ai plus jamais travaillé depuis. Aujourd'hui, les grands singes ont presque disparu, aucun scientifique n'a réussi à leur assurer un digne avenir. Il n'y a pas d'avenir pour eux ici, je veux dire dans ce monde dévasté par l'Homme. Je ne sais même pas si je regrette de ne pas avoir fait les études qui m'auraient permis de devenir primatologue. Je me serais probablement sentie inutile, coupable. Sans doute n'aurais-je même pas été capable d'exercer ce métier. Je n'en saurai jamais rien. Mon père, pour mon anniversaire, m'offrait presque chaque année un livre sur le sujet. Ce n'était pas cynique, oh non, il était bien trop bête pour ça. Quand il est mort, Jean-Luc a pris la relève, c'était pratique, ça le dispensait d'avoir une vraie bonne idée de cadeau.

Demain, je dois faire ma cinquième dose de vaccin. J'ai failli décommander, mais je préfère agir comme si de rien n'était, comme si ma vie n'allait pas s'arrêter mercredi aux alentours de 20 heures. Vingt heures, l'heure fatale, celle du journal télévisé, celle où le teckel de M. Jaumin jappe stupidement devant ma fenêtre lors de sa promenade du soir, l'heure de la soupe lapée dans la solitude, sous le néon de la cuisine. C'est pas que je craigne que mes enfants aient la moindre puce à l'oreille si je refuse le vaccin, qu'ils se disent, est-ce que ça ne cache pas quelque chose ? une profonde déprime ? une envie d'en finir ? Ils sont bien trop occupés à leurs petites affaires pour se douter de quoi que ce soit. Non, c'est juste pour moi. Pour prétendre encore un peu. Pour faire comme si, voir les yeux de l'infirmière qui me piquera, le petit parking derrière la clinique, avec ses tilleuls tout jeunes, sentir l'odeur de la ville alentour, entendre ses bruits.

Le vaccin à ARN messager ne me fait aucun effet, pas comme à certaines personnes qui suent au fond de leur lit pendant des jours, quand elles ne font pas une forme de covid désagréable. Non, chez moi, rien. Mais je présume que c'est parce que mon système immunitaire n'est plus trop vaillant. C'est ça qu'ils disent, quand nous, les vieux, on tombe très malades en étant vaccinés, oui, mais votre système est à plat, vous comprenez ? C'est pour ça que ça ne marche pas trop. Mais alors à quoi ça sert ? C'était pas censé protéger les personnes à risque ? Ben oui, mais… Oh et puis arrêtez de poser des questions, espèce de sale complotiste ! S'ils étaient encore d'actualité, je choisirais un des vaccins qui donnent des thromboses, on ne sait jamais que ça marche, ça me faciliterait la vie. Mais on les a retirés du marché l'an dernier, l'air de rien. Victoire a toujours refusé de se faire piquer, et elle a raison. Qui peut en toute honnêteté lui promettre qu'elle n'en payera jamais les conséquences ? Personne. Je lui ai dit, résiste, le bien commun, c'est une mascarade, c'est la plus grande hypocrisie. Un jour, peut-être, le monde devra rendre des comptes pour ça. J'imagine un avenir pas si lointain où les vaccinés seront atteints de tares multiples. Des scléroses, des lupus, des maladies de Crohn par dizaines de milliers, des Creutzfeldt-Jakob, des problèmes de stérilité, et des trucs qu'on ne connaît pas encore, et on dira, ah ben oui, vous allez en baver, vous allez en crever, mais c'était pour le bien commun ! Vous vous souvenez du bien commun ? Tous vos vieux sont raides dans leur cercueil depuis longtemps, mais grâce à vous peut-être ont-ils gagné quelques mois, deux ou trois ans d'une vie de merde, dans une maison de retraite ou seuls chez eux. Ça valait bien une petite sclérose en plaques, non ?

J'ai bien fait savoir dès le début de la pandémie qu'en aucun cas je ne voulais être intubée. C'est l'enfer à mon âge, on en sort comme une loque, un débris dont les proches espèrent être débarrassés. Ma voisine Josiane est restée deux mois dans le coma, après ça elle a dû être placée ; je suis allée la voir l'an dernier, elle m'a demandé si Franco était toujours au pouvoir. Je n'ai pas voulu la traumatiser alors j'ai dit que oui, il était toujours là, et aussi Pompidou en France, j'ai ajouté que la crise du pétrole avait été terrible mais que Joe

Dassin préparait un nouvel album. C'était sans doute un peu zélé, me direz-vous, mais elle a eu l'air heureuse, vraiment, comme si je lui avais offert un baba au rhum, son gâteau préféré, oublié dans le taxi.

Je me demande combien de gens ont regretté d'avoir eu leurs vieux sous respirateur. Mamie a émergé des limbes, on a bien prié et la petite a mis une bougie à l'église, et voilà que maintenant elle se chie dessus et me prend pour Mireille Darc… C'est embêtant quand même. Qu'est-ce qu'on va en faire ? En réalité, tout le monde s'en tamponne, des vieux. Enfin, certaines gens aimeraient garder un peu leurs propres antiquités. Mais de manière générale, notre société n'en a rien à foutre des vieux qui peuplent le monde, les anonymes, les sans visage, ceux des autres, ou pire : ceux qui ne sont plus à personne, les innombrables zombies qui traînent leur déambulateur dans les couloirs de l'oubli.

Justifier de priver une population entière de liberté sous prétexte de préserver la vie des vieux est une des manipulations les plus cyniques de l'histoire. Ne dirait-on pas qu'on s'est brusquement transformés en Papous ? J'ai entendu quelque part que les Papous s'occupent bien de leurs vieux ; il me reste des bribes de mes beaux voyages, tout n'est pas encore perdu. Je me souviens aussi que les Esquimaux abandonnent leurs aînés sur la banquise pour les laisser mourir. C'est une option comme une autre, et je ne suis pas certaine qu'elle soit plus cruelle qu'une longue agonie en maison de retraite.

Ils me rendent malade, moi, les gens de mon âge. Je ne vois que ça ici, dans ma rue bien comme il faut, dans mon quartier de retraités nantis mais pas vraiment riches. De petites gens qui n'ont pas trop mal fait fructifier leur argent, qui possèdent, comme moi, l'un ou l'autre appartement à la mer ou à l'étranger, ont une retraite plus que confortable, mais qui crèveraient plutôt que de laisser hériter leurs enfants avant de passer l'arme à gauche. Moi non plus, je n'ai encore rien cédé de mon magot, excepté à Victoire. Je lui ai donné un beau grand studio à Ixelles, avec terrasse et vue sur le bois de la Cambre. Il y a eu du rififi dans la famille, je peux vous le dire. C'est à ce moment-là que ma fille et mon fils, ivres de jalousie, m'ont fait passer des examens pour vérifier que je n'étais pas devenue zinzin. Et bingo !

Je les vois, tous les Harpagons du Brabant wallon, les couples qui marchent bras dessus, bras dessous, emmitouflés dans leurs vestes matelassées, ils arborent un air confit d'importance, de respectabilité, de bon droit qui me donne envie de vomir. Et c'est pire depuis le covid. Ils se sont de nouveau sentis importants, tout à coup, un nouvel âge d'or, l'heure de gloire ! Une maladie leur en voulait personnellement ! Et le monde se mobilisait pour eux, on se culpabilisait, on diabolisait les jeunes qui voulaient continuer à vivre, qui refusaient de se faire voler leur gaieté et leur jeunesse, leur belle soif d'exister. On a dit, mais c'est temporaire, enfin, ils peuvent bien faire ce petit sacrifice, les jeunes ! Mais un an de vie à vingt ans en vaut dix de celle d'un adulte pas trop débile, vingt de celle d'un con, bon sang, tout le monde sait ça quand même, même moi qui n'ai pas eu de jeunesse. Les quelques soirées entre amis avant mon mariage me semblent avoir duré des lustres, et le baiser de cet inconnu au clair de lune après avoir dansé dans ses bras jusqu'à l'épuisement, ce baiser merveilleux s'étire indéfiniment, et je jure ici et maintenant que j'échangerais volontiers quatre, cinq, dix années de ma vie contre ce baiser. Tous les vieux du monde ont le devoir sacré de se souvenir de cela.

Ces deux dernières années de grisaille, de rues désertes, de solitude, d'envie de se foutre en l'air ne reviendront jamais. On a assez entendu ça à propos de la guerre, jeunesse piétinée, volée, abîmée. Et quoi ? Maintenant ça n'a plus d'importance ? Tant de souffle vital, d'énergie, de désirs balayés pour les quelques vilaines croûtes trop nombreuses que nous sommes.

10 h 42. Je n'ai pas encore pris mon petit déjeuner. Pas faim. Ou alors pour un croissant, ou une couque au beurre, mais je n'en ai plus, et j'ai donné congé à Souad pendant trois jours. Je pourrais marcher jusqu'à la boulangerie de la rue Collin, un quart d'heure à pied. Il faut marcher, me serinent mes enfants, mes médecins, ma kiné, mes voisins, mon boucher, mon dentiste, et même Victoire. Je fais souvent ce rêve où je marche, en effet, je marche vite, dans les rues de Bruxelles ravagées par une guerre. On dirait celle de 1940, car tout est en noir et blanc. Il fait nuit, le couvre-feu est tombé et je ne devrais pas être dehors, il fait brumeux, sur le pas des portes des gens apeurés me regardent passer, je ne les connais pas, mais eux semblent savoir qui je suis, ils me hèlent, holà,

madame Biron, Dominique, oui, vous, Dominique, il faut marcher ! Allons, marchez, ne vous arrêtez pas, marchez donc, sinon… Je voudrais m'arrêter, je suis si fatiguée, je cherche une porte ouverte, un seuil accueillant, mais pourtant j'obéis aux voix, je cavale de plus en plus vite, je cours même, la peur au ventre, le cœur cognant à mes tempes. Je prends des ruelles obscures et vides, inconnues, de plus en plus glauques, pour ne plus entendre les voix autoritaires et terrifiées, lâches. Des voix qui disent, rien pour moi, non, merci, allez-vous-en, il est l'heure, l'heure de se calfeutrer dans son petit chez-soi, l'heure de se taire, il est toujours l'heure de se taire, des voix qui ne laissent entrer personne. Parmi elles, je crois reconnaître celle de mon père. Je sors de la ville, la campagne est noire sous le ciel sans étoiles. Sous mes pieds, la boue. Je m'englue dans un champ gorgé d'eau. Je voudrais appeler à l'aide mais je suis aphone. C'est alors que je comprends : je cours vers ma fin. La mort est le but ultime de cette fuite hystérique. Je m'éveille en sursaut, toute surprise de me découvrir telle que je suis, vieille et justement au bord du tombeau. Dans le rêve, j'ai toujours vingt ans.

Mon père a dénoncé un couple de Juifs cachés dans l'appartement en face du nôtre. Je l'ai appris de ma sœur Marie-Paule, qui avait neuf ans en 1943. Elle s'est confiée juste avant sa mort, il y a cinq ans. Je n'ai même pas été très étonnée. Cet aveu venait confirmer des doutes que j'avais toujours eus à l'égard de mon père. Je ne peux pas dire que je le détestais. Il ne s'est jamais beaucoup intéressé à moi, et je le lui rendais bien. J'ai fait mon deuil de lui bien avant sa mort. Je le voyais trois fois par an, aux fêtes, Noël, Pâques, son anniversaire, et point barre. Alors quand Marie-Paule, déjà malade et très faible, s'est effondrée en larmes contre mon épaule, quand j'ai mesuré combien ce qu'elle gardait comme un secret honteux l'avait fait souffrir, l'avait rongée, abattue, brisée durant tant d'années, j'en ai voulu au vieux salaud, je crois que j'aurais pu l'étrangler de mes mains s'il avait surgi. J'aurais tant voulu pouvoir faire disparaître la honte chez ma grande sœur, comme une bonne fée des contes, comme la belle marraine dans *Peau d'âne*, qui serait descendue dans un frou-frou de soie et aurait dit de sa voix envoûtante et grave, me voici, chérie, ploc, un coup de baguette, disparu le rat qui te dévore le cœur et prend les traits de la figure paternelle, envolées les images qui te hantent quand le soir tombe, les images de trains dans la nuit et le brouillard, car j'apporte, par ce geste magique et désinvolte de mon bras laiteux, la sérénité sur toi, Marie-Paule, pars tranquille, légère, et repose en paix.

Mais Marie-Paule est morte en proie au remords, elle portait le crime de mon père comme si c'était le sien, et je n'ai rien pu faire pour changer ça. Elle était douce et bonne, Marie-Paule, et je le dis sans ironie. C'est la personne la plus désintéressée que j'ai connue. La vie ne l'a pas comblée comme elle l'aurait mérité. Mais la vie est une chienne, pourquoi pas avec ma sœur ? Ma mère disait toujours, tu es aussi méchante que Marie-Paule est bonne. J'aurais pu détester ma sœur à vie pour ça. J'aurais pu haïr ma mère tout autant, sinon plus. Eh bien, ce n'est pas ce qui s'est passé. J'adorais ma mère. J'adorais sa lucidité, son amour obstiné, violent, pour moi, d'une force sans pareille. Oui, moi, la mauvaise, l'hypocrite qui cachait bien son jeu sous une épaisse couche de vernis, celle que personne ne connaissait vraiment, à commencer par elle-même, ma mère a entrevu cette fille-là et l'a aimée, dans le feu dévorant d'un silence plus puissant qu'aucun mot.

Bon, si je veux des sucreries, faut que je me retire les doigts du cul. J'adore ce langage de jeunes, je viens de dire cette phrase à voix haute, pour le plaisir que ça donne, aussi parce que ça m'évoque Victoire. Et bam ! Penser à elle me rappelle qu'elle a téléphoné hier pour me dire qu'elle passera en fin de journée, et que peut-être elle dormira ici, alors je veux lui faire plaisir, aller lui acheter un paris-brest. Il me reste des vol-au-vent, elle les aime aussi. Et j'ouvrirai une bouteille de rully rouge, relique de nos voyages en Bourgogne ; ça aussi, c'était un rituel annuel : chaque fois que nous remontions de notre maison dans le Luberon, mon mari tenait à faire le plein de vin sur la route. Mais rien de trop cher, rien au nord de Cluny. Je sais que Gaétan barbote des bouteilles de temps en temps. Ce ne sera plus long avant qu'il déguste à volonté les côtes châlonnaises et les vins du Rhône. Ça me fait plutôt plaisir de l'imaginer. Il adore véritablement le vin, s'en délecte comme un enfant d'une barbe à papa. Brave Gaétan. Je me suis toujours demandé comment ma fille pouvait vivre avec un type aussi stupide, et alors je me souviens de mon mari, et je sais. On s'habitue à la médiocrité bien plus aisément qu'à l'incandescence, au panache, à la vérité qui fait peur, qui fait mal, qui demande, qui exige pour survivre, des choses que beaucoup d'entre nous ne sommes pas prêts à donner. La vraie vie n'est pas pour les chiches, les radins. C'est ainsi. Le drame, c'est que plus personne aujourd'hui n'accepte cette évidence. On croit qu'on est apte à la puissance, à l'amour, à l'éblouissement, mais c'est un leurre. Ne pas le savoir rend l'immense majorité des humains profondément malheureuse, et par conséquent frustrée et méchante.

Je m'aperçois que je suis habillée pour sortir, j'ai ma canne en main, ma veste sur le dos, mon foulard autour du cou, mais j'ai oublié ce que je partais faire. Je balaie le vestibule du regard, le salon dans le prolongement, espérant glaner un élément qui me rappellerait mon but de promenade. Mais rien ne déclenche le sursaut de mémoire espéré. Les objets sont bien là où je les attends, mutiques, me défiant comme de sales gosses impertinents. Je les fixe comme s'ils allaient se mettre à me parler et à me dire quoi faire de moi-même. Mais ils gardent un silence obstiné et hostile. Qu'ils sont laids, pour la plupart! Jamais auparavant ils ne m'étaient apparus dans toute leur triste mocheté, dans leur manque absolu de la plus élémentaire poésie, du plus infime caractère. En plus, ils ne servent à rien. D'où nous vient cette tradition de nous entourer de choses sans âme et parfaitement inutiles? Ce masque aux couleurs mièvres, aux yeux vides, dégoulinant de dorures, je me souviens du jour où nous l'avons acheté lors d'un voyage à Venise. Il me semblait parfait, enfin parfaitement indiqué pour nous, il fera merveille dans ce coin du vestibule, c'est la première chose qu'on verra quand on entrera, m'étais-je dit. En effet, mais quel supplice! Et ce couple de bergers libidineux en porcelaine de Sèvres sur l'appui de fenêtre, qui peut en toute conscience exposer ça chez soi ? Oh, mon Dieu, ça n'en finit pas, il y a là l'éventail chinois, la cruche pseudo-aztèque, la vilaine imitation de poupée traditionnelle japonaise. C'est comme si je ne les voyais plus, après toutes ces années, ou bien comme si je les avais oubliés. Quelle honte ! Et je pense à tous les cadeaux que nous avons rapportés, aux enfants, aux amis…

J'ôte ma veste, et voilà que j'empoigne chaque ignoble relique avec dédain et la pose sur la table de la cuisine. Je trouve une caisse dans la buanderie, et je fourre les objets dedans ; je m'en vais poser la caisse sur la pelouse au bord du trottoir. La femme Devyver est à sa fenêtre, elle me dévisage d'un œil assassin, comme si j'avais chié dans son parterre. Et alors, tu veux ma photo ? M. Jaumin avait un jour abandonné devant son garage un immense et affreux chien en plâtre. Deux heures plus tard, il avait disparu. Un véritable animal n'aurait pas été adopté plus rapidement. L'avantage, c'est que la bête de Jaumin, elle n'aboie pas, elle est propre et ne demande pas à se balader. De nos jours, c'est appréciable. D'ailleurs, les gens feraient mieux d'accueillir des chiens en plâtre plutôt que des vivants, cela leur éviterait de les abandonner au moment de cesser le télétravail. Ils sont des milliers sur les routes, dans les refuges : les innombrables victimes de notre indignité.

Les voisins avaient bisqué à cause du chien, parce que ça fait mauvais genre, le bazar sur le trottoir. On est à Rixensart quand même, pas chez les *barakis* de la banlieue de

Charleroi ! Mais moi, je me contrefous de ce qu'ils diront. Le premier qui vient m'emmerder… T'as compris, la Devyver ? Regarde ailleurs, vieille chipie ! Enfin, bien plus jeune que moi, d'au moins dix ans. La voilà qui me sourit comme à une demeurée maintenant. Ah, je comprends, elle croit que c'est Alzheimer qui me dicte ma conduite, alors elle a pitié. Mais c'est mon choix conscient et éclairé, ma vieille. Tu les veux, les trucs de merde, là ? Je lui fais signe. Tu les veux ? Non, ben tiens, et comment ! Même toi, t'as pas très envie de ces *brols* manufacturés par des enfants en Inde. Mais quand je ne serai plus visible, dans le soir qui tombe, tu viendras quand même rôder autour, des fois qu'un machin vaudrait quelque chose, ce serait bête quand même de passer à côté, de toute façon elle en veut plus, que tu diras à ton grand mari chauve. Je retourne dans le vestibule, et les murs et les meubles nus me sourient. Beaucoup mieux, c'est beaucoup mieux, si reposant. Ah, bingo ! Voilà ce que je m'apprêtais à faire : aller acheter un paris-brest pour Victoire. Je rendosse ma veste et me voilà partie.

*

Le coucou suisse sonne 15 heures. Le coucou suisse, celui-là je ne m'en déferai jamais, je demanderai qu'on me brûle avec. Un cadeau de Dorothée. Enfin, je n'en suis parfois plus très sûre, mais je crois bien. Ou était-ce de ma mère ? Je l'aime, cette pendule, avec sa petite vachère souriante qui fait le tour du balcon juste avant que le coucou ne sorte la tête.

C'est l'heure de ma sieste, 15 heures, cou-cou, cou-cou. Je n'ai pas sommeil, alors je fais ce que je n'ai plus fait depuis des années : je sors du buffet copie Louis XV les albums de photos. Aujourd'hui je peux, j'en suis capable. Voilà dix ans que je ne les ai plus regardés. Depuis la mort de Dorothée. Je tremble un peu à l'instant de tourner la couverture en cuir cartonné, je sais ce qu'il y a derrière, juste derrière, c'est l'album de 1972 et c'est elle qui l'ouvre, c'est ma fille, là, qui fait sa joyeuse entrée au cœur de l'hiver, le 2 janvier. La voilà… C'est son odeur qui me prend en premier, son odeur de nourrisson, c'est si violent que je pousse un cri. Espèce de vieille molasse, tu vas parvenir à regarder cette photo, ce bébé, sans trembler. Fais taire la plainte dans ta poitrine, ordonne à tes mains de rester calmes, à ton cœur de la jouer en sourdine. Qui a écrit : « Sois sage, ô ma Douleur, et tiens-toi plus tranquille » ? Je ne sais plus, si je l'ai jamais su. C'est commode Alzheimer, ça exonère d'avoir de la culture.

Ma fille, mon amour, mon bel amour, pardon. Pour avoir été une lâche, pour avoir tourné le dos au changement, au mouvement, à l'espoir, à la joie quand tu me le demandais. Tu étais la plus vivante, la plus exigeante, la plus inaccessible aussi. Tu étais un merveilleux et douloureux mystère. Tu aurais dû naître ailleurs, chez d'autres gens, des gens vrais et libres, comme toi. Je me suis toujours demandé ce qui me valait ce cadeau, une enfant aussi étonnante et qui nous ressemblait si peu. J'ai fait des vœux pour prendre ce cancer dans mon propre sein, je me suis remise à prier, à prier avec ferveur, avec démence presque, puis j'ai exigé, j'ai dit à Dieu que je voulais qu'il fasse l'échange, mais il n'a pas obéi. Alors je l'ai maudit, je l'ai renié et j'ai appelé son frère ennemi, l'ange déchu. Jamais je n'ai raconté cela à personne, mais je l'ai invoqué chaque nuit, comme dans un mauvais film d'épouvante, je me promenais dans la maison silencieuse avec une croix renversée dans les mains, je lui parlais depuis mes ténèbres, depuis les tréfonds de mon chaos intérieur. Je lui promettais mon âme, tout en sachant parfaitement qu'elle lui est acquise depuis toujours, et que toutes les âmes le sont.

Toi, tu avais abandonné Dieu depuis longtemps, je ne crois pas que tu aies jamais eu la foi, même enfant. Tu n'as donc pas voulu du curé pour tes obsèques, tu désirais les mots des poètes, comme celui qui demande si sublimement à sa douleur de lui lâcher la grappe, et tant d'autres que je connais à peine, que j'ai découverts devant ton cercueil, devant ton cadavre, j'ai entendu leurs voix, elles me parlaient de toi, mieux que celle de ton frère, de ta sœur, de tes amis, et même de ta fille. Je t'avais promis de les lire, je ne l'ai pas fait. Même là, je t'ai laissée tomber. Pas fichue d'ouvrir un bouquin un peu convenable. Ma petite bibliothèque ne contient que des merdes, c'est ce que tu me disais avec tendresse, enfin, parfois avec colère. Il vaut mieux ne pas lire du tout que lire ça, criais-tu, ces écrivains ne sont que des scribouillards, des imposteurs. Il vaudrait peut-être même mieux ne pas savoir lire, mais connaître des histoires et les raconter, savoir le nom des arbres, des oiseaux, les vertus des plantes. Mais je n'ai pas d'imagination, et je suinte l'urbain par tous les pores, je n'ai jamais aimé le contact de la terre sur mes mains ; chaque printemps, je plantais avec ennui les éternels géraniums rose saumon dans des bacs en plastique vert qui venaient prendre leur place sur les appuis de fenêtres. Personne, à commencer par ton père, n'aurait compris que je déroge à la sacro-sainte habitude des géraniums rose saumon.

Je ne regarderai pas les autres photos. Ta bouille de nouveau-née me suffit, c'est elle que j'emporterai avec moi. Et le visage splendide de ta fille, ses yeux noirs, volontaires, souvent farouches, sa moue ironique, son air de n'en avoir rien à péter de rien, comme oncle Pa dans *Les Cendres d'Angela* de Frank McCourt. Eh oui, celui-là, je l'ai lu. C'est un des livres que Victoire m'a littéralement forcée à lire. Elle me harcelait chaque fois qu'on se voyait, et boudait quand j'avouais n'avoir pas commencé. Elle a bien fait d'insister. J'ai peut-être compris avec ce texte pourquoi je me repais de médiocrité : vivre avec des personnages intenses, courageux, contrastés demande un effort, une forme d'engagement total de l'être. Cela nous confronte à notre propre insignifiance, à nos manquements.

Je l'attends avec tant d'impatience, Victoire, avec tant de fébrilité que c'en est pathétique, je le sais, je me vois. Je me lève gaillardement pour faire la petite vaisselle du déjeuner ; oui, je peux dire que je suis encore vive dans mes mouvements, je ne souffre pas d'arthrose, ni d'aucune affection des os, toute la mécanique fonctionne parfaitement, et je sais que le médecin, en me voyant marcher de mon petit pas allègre, pense, quel gâchis, quand même, une si bonne carrosserie…

Je lave donc la tasse estampillée « Mamie la plus géniale », l'assiette en porcelaine de Sèvres qui vient de chez ma mère, et le verre à moutarde Amora dont les dessins sont devenus presque invisibles. Ensuite je m'assieds dans le fauteuil en velours du salon qui était celui de mon mari. Il est mort dedans. D'une fausse-route. Le 4 mai 2015. Nous venions d'acheter des frites à la baraque près de la gare, il mangeait goulûment, je lui ai dit de se calmer, il m'a répondu par un geste d'agacement, et quelques secondes plus tard, il devenait rouge et se mettait à tousser. Une frite s'était coincée dans sa trachée. Je l'ai frappé dans le dos, j'ai appelé les secours, qui sont arrivés trop tard. Il a fait une crise cardiaque à la suite de l'asphyxie. Je me souviens l'avoir regardé mourir avec une profonde sidération. Je ne parvenais pas à me convaincre que mon époux était occupé à perdre la vie dans notre salon, si bêtement. Je crois même lui avoir dit, en riant presque, alors qu'il tentait désespérément de prendre de l'air, mais tu vas pas me lâcher comme ça, hein, Jean-Luc, enfin ! Il m'a lancé un regard fou, de colère, de peur, mais surtout d'une immense, indicible surprise.

Je suis restée un peu seule avec son cadavre avant que l'ambulance n'arrive. Il avait le visage congestionné, la bouche béante, et un air ahuri de personnage de dessin animé. Je me souviens du grand calme qui régnait, du vide en moi, de l'absence totale de la moindre émotion identifiable. Ce n'est qu'après les funérailles, lorsque j'ai été enfin seule, que je me suis sentie capable d'éprouver quelque chose. Et ce quelque chose, à mon grand désarroi, s'apparentait à du soulagement.

Il me manquait, bien sûr, sa présence nerveuse, ses bouderies, son humour douteux, sa gaieté forcée du dimanche matin me manquaient. L'humain devient dépendant des pires choses, c'est bien connu. Jean-Luc fut aussi malheureux en ma compagnie que je le fus avec lui. Je ne lui convenais pas. Jeune, il était jovial, résolument optimiste, il pouvait être tendre. Quel genre de jeune fille étais-je, à dix-huit ans ? J'ai bien de la peine à m'en souvenir. Je n'ai jamais été très joyeuse ni sociable. Il me semble avoir toujours occupé ce monde avec une certaine perplexité, avec incrédulité même, comme si je devais me persuader chaque matin de la réalité de mon existence. Je voudrais me souvenir de moments de joie furieuse, de désir ardent, d'inquiétude fertile. Ta présence, Dorothée, m'emplissait de bonheur, certes, mais même avec toi, j'avais le sentiment d'être une pièce rapportée, une mère rapportée. Ta mort m'a fait goûter à la souffrance la plus intolérable. Jamais le poisson froid que je suis n'aurait pu imaginer, même dans ses pires cauchemars, être amené à plonger aussi profond dans l'abîme de la douleur.

On sonne. Trois coups brefs. Trois coups impérieux. C'est elle. Je me dresse comme Lazare sortant du tombeau et je cours jusqu'à la porte, l'ouvre en grand. Mais la silhouette qui se découpe dans la lumière rasante n'est pas Victoire. Madame bonjour, pardonnez-moi, mais cette caisse ne peut pas rester là, sur le trottoir, ce n'est pas convenable. Il y a des brocantes ou des déchetteries pour ces choses-là... Je ne sais absolument pas de quoi elle me parle. Une caisse ? Mais qu'est-ce qu'elle raconte ? Je vous emmerde, madame Devyver.

J'attends quelqu'un, alors si vous ne partez pas maintenant, je vous claque la porte au nez. Faites donc une brocante vous-même ! À la tête que fait la femme, je sais que j'ai effectivement dit ces mots. D'ordinaire, je me contente de les penser, et je balance une formule hypocrite. Elle a l'expression de mon mari juste avant de mourir. Je la pousse sur le côté pour observer la rue derrière elle, le trottoir par où arrivera Victoire. Personne. Mais sur ma pelouse parfaitement tondue par mon fils, il y a en effet une caisse en carton d'où émerge une tête de poupée japonaise qui ressemble comme deux gouttes d'eau à la mienne. Et ça me revient : le grand vide-grenier d'avant le boulanger. Très bien. Je claque la porte à la face de Devyver, et je vais me rasseoir. Le coucou chante 17 heures.

Sur le rebord de fenêtre vers le jardin, un gros chat tigré est posé et me regarde. Enfin, il me voit, devrais-je dire, tout en étant absorbé par quelque chose qui se situerait derrière moi, ou en moi, quelque chose à lui seul accessible. Il vient presque chaque jour à cette heure-ci. Quelques fois, en été, il est entré dans la cuisine. Je l'ai laissé errer un peu, s'installer sur le divan et y dormir une heure. C'était réconfortant, cette présence féline, cette beauté absolue trônant dans mon médiocre petit intérieur. Je n'ai jamais eu d'animaux domestiques parce que mon mari ne les aimait pas. En réalité, et vous commencez à connaître la chanson, je n'ai jamais osé proposer d'adopter un animal. Même lorsque les enfants me suppliaient, et en particulier Dorothée, qui a fini par être bénévole dans un refuge. Je leur disais, on verra, si vous êtes sages, on verra l'an prochain. Quelle mère manipule ses enfants comme ça ?

Beaucoup, en vérité. Nous sommes très nombreuses à nous jouer de leur candeur, de leur soif de vie, de leur confiance en nous. Dorothée y pensait sans cesse, et chaque fois qu'elle avait bien travaillé à l'école, ou qu'elle avait rangé sa chambre, partagé ses friandises ou ses jouets, elle venait me demander si cela comptait sur le chemin vertueux à parcourir en vue de l'animal tant attendu. La vie comme une partie de *Mille bornes*. Je répondais, mais bien sûr, chérie, que ça compte, continue comme ça. Odieux. Nous faisons de nos enfants des êtres sinistres destinés à marchander le bonheur. Nous les fabriquons à notre image. Mais toi tu as résisté, ma fille, je ne t'ai pas abîmée, tu étais plus forte que mes lamentables spéculations aux vertus prétendument éducatives.

Je me dirige vers la fenêtre, je l'ouvre et invite le chat à entrer. Mais il se contente de se frotter à mon bras en ronronnant. Ce sera pour une autre fois. Demain peut-être ? Demain je serai encore là. Vous vous demandez de quelle manière je vais plier mon parapluie ? Eh bien ce sera une surprise. Oh, rien de très spectaculaire, notez. Je n'ai pas le cran de sauter d'un pont, ou de la citadelle de Namur, comme l'a fait le mari de la sœur d'une de mes connaissances. Oui, il s'est balancé un soir, comme ça, il savait qu'il avait un cancer incurable. Ça en jette comme suicide, c'est presque romantique. Mais il faut penser un peu aux conséquences, un enfant vous découvre tout écartelé sur un rocher, la jambe enroulée autour de votre cou, ou bien on ne vous trouve pas tout de suite, et alors vous pourrissez à l'air libre, jusqu'à ce que l'odeur attire enfin l'attention… Pourquoi pas l'euthanasie ?

C'est légal maintenant, c'est vrai, mais avec un Alzheimer, même débutant, ce ne serait pas gagné. Mes enfants sont des bigots rigides, je ne crois pas qu'ils me foutraient la paix. Et la seule perspective de devoir en discuter avec eux, de trouver les témoins, les médecins, me rend malade. On récolte ce que l'on a semé, me direz-vous… Je ne vais pas vous révéler comment je vais partir. Je suis superstitieuse, je craindrais que cela me porte malheur : que je flanche au dernier moment, que quelqu'un me sauve…

Ding-dong. Je suis à peine debout qu'elle est déjà dans la pièce, accompagnée de tout l'air frais qu'elle brasse de ses longs membres toniques, l'air qui porte son parfum et le dépose sur les tissus et les objets, sur mes vêtements qu'elle touche déjà, ses bras m'enlacent et son visage s'enfouit dans ma nuque. Elle soupire. Mam… Ce sera ça, le plus difficile. La laisser. Elle me serre fort. Je t'ai apporté quelque chose, dit-elle. Et de son sac elle sort un pot de crème de marrons, elle sait que c'est mon péché mignon. Je vais faire le thé, cardamome et cannelle, elle me suit dans la cuisine, s'assied à la table. On fera une partie de crapette ? Je vais t'écrabouiller ! déclare-t-elle. Elle est assise de travers, une jambe repliée sous l'autre, on voit la peau de son genou par la déchirure de son jean. Ses baskets Converse sont trouées, elles aussi, et aussi sales que celles d'un clochard. Elle replace une mèche derrière son oreille, me sourit, enfin, son sourire est plutôt une grimace de demeurée, à la fois tendre et hilarante. Et mon rire donne le départ : le flot de paroles se déverse de ses lèvres, débit rapide, expressions imagées, fulgurances, humour féroce, personne n'échappe à cette manière qu'elle a de croquer sans ménagement les individus et les situations, personne, pas même moi. Je ris de plus belle, parce qu'elle me décrit une soirée chez un ami de son amoureux qui se croit noble et fréquente une très vieille comtesse, plus vieille que toi, Mam, mais beaucoup plus riche et plus bête, les deux vont souvent ensemble, on était chez elle samedi, pour une fête costumée, thème Louis XIV, je suis venue en Robert Hossein, enfin, je veux dire Geoffrey de Machin Truc, le mec d'*Angélique, marquise des anges*, et Mathias était Angélique, tu vois? Quoi? Ben tu parles, lui il voulait pas, la chochotte, mais j'ai dit : « c'est ça ou tu y vas tout seul! » Alors on a bricolé des trucs avec ce qu'on avait, j'ai quand même loué une perruque pour Mathias, c'était grave de ouf! Il a mis tes perles, et j'ai rembourré son décolleté avec de la ouate. Et moi, je boitais, comme ça – elle boite –, j'avais la balafre, là, tu vois, et la voix bien caverneuse... Top, j'te dis! Tiens, j'ai les photos, alors elle sort son vieil iPhone tout cabossé et me montre.

Je reconnais le double rang de perles que Jean-Luc m'a offert pour la naissance de John; elles reposent sur le beau torse viril de Mathias, bordé de dentelles. Le jeune homme prend des mines de vierge outragée; Victoire, portant jabot, gants de cuir noir et balafre, fait un sourire carnassier, la main sur le sein de Mathias-Angélique. *Angélique, marquise des anges*, un des feuilletons préférés de Dorothée quand elle était petite, elle y jouait sans cesse, à l'école, avec ses amies en visite, ça ne cessait jamais, elle inventait pour Angélique de nouvelles aventures, des prétendants, des voyages, des robes.

Quand Dorothée est morte et qu'on a trié ses affaires, Victoire est tombée sur les cassettes, sur des carnets qui étaient rangés avec les cassettes, où sa mère avait noté les scénarios de ce qu'elle se préparait à jouer à l'école chaque jour. Elle devait avoir huit, neuf, dix ans, et évoquait d'autres films et séries qu'elle aimait, *Les Trois Mousquetaires*, *La Dame de Monsoreau*, *Autant en emporte le vent*, *Molière*. Il y avait aussi des dessins, surtout de costumes, elle était déjà passionnée. Elle en a fait son métier. Quand elle a déclaré, à l'âge de vingt-trois ans, qu'elle partait à Londres pour devenir costumière, son père a piqué une colère terrible, l'a menacée de lui couper les vivres. Elle est partie quand même, a vécu de petits boulots pendant six mois avant que Jean-Luc ne se laisse persuader de l'aider un peu. Pendant ces six mois, j'envoyais de l'argent en cachette. En cachette. J'étais terrorisée à l'idée que Jean-Luc le découvre ! Pourquoi ? Comme si ce type était une terreur. Jean-Luc était un faible, rusé, comme tous les faibles. Mais il n'a jamais résisté à quiconque, certainement pas à moi. J'avais les pleins pouvoirs dans notre couple. Et j'ai pourtant réussi à courber l'échine, à longer les murs de ma vie, en m'excusant d'exister.

Pendant que Victoire prend un bain, je réchauffe la farce des vol-au-vent, je coupe les pommes de terre pour en faire des frites. Au-dessus du plan de travail, le très ancien petit crucifix de ma grand-mère, avec la branche de buis séché passée sous le bras droit du Christ en cuivre, son visage aux traits presque indistincts qui ressemble à une face de cire fondue ; on a l'impression qu'il a été frotté pendant des heures.

Ou embrassé... C'est ça, peut-être a-t-il été embrassé par des dizaines de bouches autrefois, des lèvres avides, de femmes sans aucun doute, il n'y a que les femmes ou les mystiques pour se mettre dans des états pareils, des femmes éplorées, désespérées ou immensément reconnaissantes, des femmes exaltées, amoureuses, haineuses, envieuses, heureuses, des femmes prêtes à entrer dans les ordres, qui sait? Ma sœur Bénédicte la bien nommée, de trois ans mon aînée, est entrée au couvent des Carmélites de Waterloo à l'âge de vingt-deux ans. Quand elle nous a annoncé la nouvelle à table un soir que la famille était au complet, je me souviens avoir pouffé de rire. Je ne me moquais pas d'elle, la surprise a pris cette forme en moi : un pouffement imbécile digne de la gamine insolente que j'étais. Mon père a renversé sa soupe en m'envoyant une gifle. La nuit, mes sœurs et moi nous sommes réunies dans ma chambre pour papoter en murmurant comme lorsque nous étions enfants, seulement éclairées par une lampe de poche. Nous aurions pu faire ça dans le salon, une fois papa et maman couchés, mais c'est ma petite chambre encore toute remplie de jouets et de peluches, tendue de dentelles et de tissu liberty, qui nous avait semblé plus propice à accueillir nos messes basses et nos soupirs, nos rires étouffés, et surtout, les questions intimes que nous allions poser à Bénédicte. Car ce qui nous troublait par-dessus tout n'était pas qu'elle allât s'enfermer entre quatre murs, ni porter chaque jour et jusqu'à la fin de sa vie le même uniforme triste qui gratte, assister à une infinité de messes barbantes, ce qui nous fascinait et nous révoltait, c'était l'amour qu'elle ne ferait jamais. L'amour, ce mot qui passait si souvent par ses lèvres gercées, au nom duquel elle renonçait au monde, me semblait aussi éloigné de la vie à laquelle elle aspirait que pouvait l'être la Côte d'Azur du Borinage. L'amour, selon moi, n'avait déjà guère de portée sentimentale ou métaphysique, l'amour c'était la joie de deux chairs unies, tout ce qu'on en disait d'autre me laissait dubitative. C'est pour cette raison que mes attentes en me mariant étaient on ne peut plus concrètes. Je voulais jouir. Je n'avais que faire des âmes qui vibrent à l'unisson et de ces sornettes. Pour la vierge pragmatique que j'étais à vingt ans, l'orgasme, c'était du solide, c'était une véritable tranche de réel, aussi indubitable qu'un kilo de patates, toujours ça de pris sur la vie, ça de gagné, que les boches n'auraient pas. Je ne me l'avouais pas complètement à l'époque, je me sentais abominablement coupable d'avoir de tels désirs, et souvent je demandais pardon à celui duquel j'espérais encore vaguement la rémission de mes péchés.

Jamais Bénédicte ne connaîtrait le corps d'un homme, l'haleine d'un homme dans sa nuque, ne sentirait sa peau nue contre sa peau à elle, ne contemplerait son désir se dresser dans la pénombre. Marie-Paule et Jacqueline étaient déjà mariées alors. Marie-Paule refusait de parler de sa vie sexuelle. Jacqueline n'avait pas connu l'orgasme. Mais elle espérait, disait-elle, rêveuse. Et elle ne dédaignait pas l'acte de chair avec son mari, elle y trouvait un certain agrément, même s'il ne survenait pas pendant la pénétration. Pour ma part, je n'avais été embrassée qu'une seule fois à pleine bouche, par cet homme rencontré au bal de la Croix-Rouge, qui avait disparu dans la nuit pour me laisser pantelante, avec au ventre un feu liquide et caressant, une langueur nouvelle. Je m'étais déjà touchée depuis, et j'avais cru défaillir de plaisir, seule dans mon lit trop petit, sous les yeux fixes de Bécassine et d'un grand singe en peluche.

Bénédicte allait se priver de plaisir sexuel pour toujours, c'est du moins ce qu'elle affirmait, avec sa mine extatique, ses longues mains sèches qui semblaient mieux faites pour tenir un rosaire qu'une bite. Les nonnes se touchent-elles ? Je n'aurais pas osé l'envisager à l'époque, aujourd'hui j'en mets ma main à couper que oui. Et comment que oui ! Elles se tordent dans leurs draps rêches et glacés, elles pleurent de solitude, se réveillent de rêves où des gangsters tatoués les poussent sur des sofas crasseux et déchirent leurs laides robes de toile, leur versent du whisky sur les seins et se mettent à les lécher avidement. Au réveil, leurs cuisses blanches sont collées par leur propre liquide vaginal, et elles sanglotent de honte. Souvent, elles rêvent du Christ, et les mêmes pulsions sexuelles les animent vis-à-vis de l'homme-Dieu mort pour leurs péchés ; cette belle chair jeune et divinement resplendissante, souffrante et pantelante sur le bois infâme, les plonge dans des abîmes de désir douloureux et coupable. Voilà comment je m'imagine les nonnes aujourd'hui. Comme une vieille dégueulasse, dites-vous ? Oui, sans aucun doute. Bien sûr, parmi elles, il y a toutes les frigides, les femmes sans libido, sans imagination, qui se glissent au lit et s'endorment comme les perroquets qu'on a couverts d'un drap. Mais les autres, toutes les autres… Je ne sais pas, je ne saurai jamais si

Bénédicte en faisait partie, ou si elle appartenait au groupe des frigides. Nous n'en avons jamais parlé. Cette nuit-là, dans ma chambre, elle se contentait de nous écouter et de glousser timidement. Elle n'a répondu à aucune de nos questions : as-tu déjà joui ? seule ? avec un garçon ? Impossible de la faire parler. Ma sœur Bénédicte, l'épouse du Seigneur.

Bénédicte est toujours religieuse. Elle n'arrive plus à marcher depuis deux ans, ne sort de sa chambre que pour assister à deux messes par jour. Je lui rends visite, trop rarement. Nous n'avons résolument plus rien à nous dire, et le temps passé auprès d'elle est creux, blanc comme une toile neuve qu'un peintre se refuserait à toucher. Rien ne s'y inscrira plus. C'est trop tard. La dernière fois, je l'ai longuement observée à son insu (elle somnolait), en imaginant que le gros aumônier du couvent, que je venais de croiser, la pénétrait sauvagement et qu'elle aimait ça. Une vieille dégueulasse, je suis devenue. C'est vrai. L'âge est censé nous rendre plus rigides, figer définitivement ce qui en nous manquait depuis toujours de souplesse. Eh bien moi, je vous dis qu'il peut rompre certaines digues, et brutalement. Le sexe a été pour moi un sujet hautement tabou durant des années. Aujourd'hui, je pourrais décrire par le menu ma vie au lit avec Jean-Luc, l'indigence de cette vie, mes attentes, mes fantasmes, mes désillusions, mes gestes timorés et ma pudibonderie, qui ont scellé la mort de tout plaisir charnel entre Jean-Luc et moi. Eh oui, j'étais une bégueule et, par conséquent, une mal-baisée. Alors que j'aspirais furieusement, honteusement à jouir, c'est un des grands paradoxes de mon existence, sans doute une de mes plus vives souffrances. Peut-on évaluer les dommages que peut provoquer chez un être humain l'absence de plaisir sexuel ? Mes piètres talents maternels viennent sans doute de là. Mes chéris, je ne vous ai pas assez, ou mal aimés, parce que je suis une mal-baisée. Je suis désolée. Entre votre père et moi, c'était aussi rasoir qu'un spectacle d'école quand vos enfants ne sont pas dedans. Je pourrais vous raconter tout ça en détail, mais je ne le ferai pas, rassurez-vous. Ce serait vraiment lamentable, et inutile. Les mémoires d'une vieille dégueulasse.

De la cage d'escalier descendent des accords de rock, je reconnais la voix éraillée de ce beau blond aux yeux clairs et aux cheveux gras qui s'est suicidé dans les années 1990. Dorothée en avait pleuré à l'époque, elle avait vingt-deux ans, était folle de ce chanteur. À présent, c'est Victoire qui écoute sa voix de gars en fin de parcours, et autant je la détestais autrefois, cette voix, autant aujourd'hui je la savoure comme une trace précieuse du temps où ma fille était bien vivante. J'aime véritablement, follement cette voix. Kurt Cobain m'est plus cher que beaucoup de gens que je connais depuis longtemps, parce qu'il fut l'objet de la dévotion, de la compassion, du désir de mon enfant morte, et que lui aussi est mort, et qu'aujourd'hui, à quatre-vingt-un ans, elles me parlent vraiment ces chansons, elle me touche intimement cette musique grincheuse, mélancolique et parfois violente. Il a eu le courage de s'ôter la vie, cet homme-là, et j'aimerais avoir autant de couilles que lui le moment venu. *Come as you are, as you were, as I want you to be, as a friend, as a friend*… Cher Kurt, donne-moi la force ! Victoire accompagne la voix et chante faux. Je voudrais ça à mes funérailles, du Nirvana. Et après la cérémonie, je voudrais que tout le monde foute le camp, et qu'il ne reste qu'une bande de jeunes dans mon salon, assis par terre, à fumer des joints et gratter la guitare, à farfouiller dans mes armoires et ma garde-robe, une bande de jeunes déguisés qui chanteraient la vie et la fin des choses en vidant ma cave. Mais bien sûr, ce n'est pas ce qui se passera. Même si je le demandais par écrit et que je déposais le papier chez le notaire, ce serait impossible, parce que mes enfants ne le permettraient pas, ils contesteraient, ils diraient, elle était déjà frappadingue, on ne peut quand même pas… Ce ne serait pas convenable, de quoi aurions-nous l'air ? Je peux juste espérer un truc sobre dans une église du coin, puis les éternels sandwichs mous au surimi et le porto trop sucré ou le vin bon marché, le cortège à la lenteur de l'escargot jusqu'au vilain cimetière, et les roses jetées sur le cercueil. Ploc. Voilà. Je n'ose même pas demander une crémation, encore moins de cérémonie laïque, ça ferait autant d'effet que si j'annonçais que j'ai toujours été lesbienne. Peut-être bien que c'est le cas, d'ailleurs. Comment être certaine ? C'est peut-être une femme qu'il me fallait.

# MARDI

*Adieu les cons !* C'est ce que j'aimerais laisser comme note sur la table de la cuisine le soir où je tirerai ma révérence. C'est aussi le titre du film que nous avons regardé avec Victoire hier soir. Un sacré bon film, drôle et désespéré. J'ai pris un abonnement Netflix, finalement, après que mes enfants m'ont harcelée pendant deux ans. Je ne regrette pas, j'ai découvert des œuvres magnifiques, pour autant que je puisse en juger, et j'ai revu des grands films d'autrefois. Et aussi des séries. Les séries, c'est de l'or ou de la merde, y a pas grand-chose entre les deux. Il en faut pour tous les goûts, paraît-il. Je n'ai jamais adhéré à cet adage. Je le trouve même débile, voire dangereux. C'est en vertu de cette idée que ma bibliothèque est médiocre, que mes souvenirs de voyage gisent, au grand dam de Mme Devyver, sur la pelouse, que ma fille Catherine décore ses murs avec des photos d'animaux empaillés peints en rose, que la maison du bout de la rue pourrait figurer dans l'ouvrage qui recense les maisons les plus moches de Belgique.

Si on donne aux gens de la merde, ils l'aimeront. Il faut au contraire les en priver, envers et contre tout, même s'ils en réclament à grands cris, même s'ils menacent, il faut les traiter comme des enfants pour leur propre bien, non, tu n'auras pas cette couille de mammouth fluo, c'est mauvais pour ta santé, ça te donnera le cancer, tu me remercieras plus tard. Non, tu ne liras pas ce roman, tu n'iras pas voir ce film, tu risques de devenir encore plus con qu'avant ; Dorothée a tenté de m'éduquer en me disant exactement ces mots. Aujourd'hui je regrette. Je me sentirais moins seule, moins pauvre, moins vide si j'avais accepté de la suivre, de m'immerger dans la beauté, la vérité. Car elle disait toujours que ces deux concepts étaient très proches. Je ne sais pas trop pourquoi, je n'ai pas les moyens, les références culturelles, intellectuelles, qui me permettraient de le savoir, mais je sens que c'est juste. Un grand roman, un tableau, un morceau de musique t'accompagnent parfois bien mieux que ne le ferait un être humain. Les œuvres d'art s'immiscent en toi et ne te quittent jamais, disait-elle. Elles sont comme le pain et l'eau, et l'air que tu respires, elles sont la nourriture qui te sauve. De tout, à commencer par toi-même.

Alzheimer ne doit rien en avoir à cirer des œuvres d'art, à mon avis. Si vous n'êtes même plus capable de reconnaître vos enfants, que pouvez-vous bien faire d'un prélude de Bach ou d'un Picasso ? Et si, justement, c'étaient ces choses-là qui vous restaient, qui s'accrochaient à vous comme le chaton aux mamelles de sa mère, qui vous agrippaient pour ne plus jamais, jamais vous lâcher ? Et si ce prélude était précisément ce qui résiste, ce qui creuse son sillon du fond du puits de votre mémoire défaillante, monte et jaillit de votre nuit pour vous inonder d'une émotion que l'on pensait perdue à jamais ? Et si cette émotion était à même de déterrer une trace, une bribe du passé, un lambeau de souvenir, un fil qui vous relierait à vous-même ? Peut-être est-ce cela qui advient. Peut-être. Mais même si c'était le cas, voudrais-je prolonger ma vie et aller aussi loin sur le chemin de la dépossession et du chaos pour en faire l'expérience ? Je ne vois même pas ce qui serait susceptible de revenir me hanter. Je veux dire, quelque chose ou quelqu'un de merveilleux, de bouleversant, qui ne serait pas Dorothée ou Victoire. Je me concentre, je fouille mes souvenirs, tant que j'en ai, je veux trouver un objet, une œuvre, un animal, un paysage, un arbre, quelque chose de beau, d'incontestablement, d'intensément beau qui serait susceptible un jour de traverser les ténèbres pour me rappeler celle que je suis, celle que je fus. Mais rien ne me vient à l'esprit. J'ai le sentiment de nager dans une sorte de mélasse faite de choses sans relief, sans saveur, des silhouettes de masques vénitiens et de copies de cruches aztèques par milliers. À moins que Kurt n'ait le pouvoir de venir à la rescousse ? J'imagine la scène, dans la maison de retraite qui m'hébergerait : les déments sont installés en rangs d'oignons dans le grand salon, de la radio monte la voix brisée et la guitare râpeuse, et voilà une vieille qui se met à trembler, et se lève, les larmes aux yeux…

Pour revenir à Netflix, c'est tout de même le dernier stade avant le tombeau, quand on vit seul. C'est bien plus terrible que la télé, où on peut tomber à n'importe quelle heure sur des gens qui parlent de conneries, ça donne l'illusion d'une compagnie, ça meuble le silence. Mais Netflix, c'est radical. Ça vous débarque, ça vous abandonne à la nuit comme on laisse un chien sur le bord de l'autoroute. Chaque fois que le générique de fin apparaît, un grand vertige me saisit. Et maintenant, quoi ? Je ressens brusquement le noir qui m'enveloppe ; la quiétude ambiante devient sinistre, tout semble redouter le silence. Et si je ne me déconnecte pas très vite après le film, la plateforme me propose aussi sec quelque chose d'autre à regarder, dans une fanfare de nouveaux sons trop puissants. On vous balance une autre atmosphère sans sommation. C'est déplaisant au possible, aussi importun que ces vendeuses qui vous demandent en hurlant si vous avez besoin d'aide au lieu de vous laisser errer à votre guise dans le magasin. Parfois, après Netflix, je traque les émissions de téléréalité les plus sottes, et je peux rester là-devant pendant longtemps.

Je ne m'endors jamais. Je trouve ça pathétique, ces vieux qui piquent du nez dès qu'ils se trouvent devant un écran de télévision. Pourquoi ne se lèvent-ils pas pour se mettre au lit, au lieu de dodeliner en ronflotant et en bavant leur dîner ? On passe beaucoup trop de choses aux gens âgés, c'est mon avis. Dès qu'on dit un truc énorme, on est aussitôt excusés en vertu de notre âge. Je me rappelle mon père peu avant sa mort, qui avait déclaré lors d'un repas de Noël que les Noirs avaient besoin d'être gouvernés par des Blancs et que la colonisation n'avait pas eu que du mauvais, bien au contraire ; Dorothée lui avait demandé si les mains coupées aux indigènes du Congo belge, c'était ce qu'il entendait par « action civilisatrice », puis elle était sortie de table pour ne plus reparaître. Mais nous autres, nous nous taisions, et la soirée avait repris son cours comme si de rien n'était. Alors que mon père venait d'aller se coucher et que la brave Marie-Paule était revenue sur la conversation, l'époux de Jacqueline avait dit, à son âge, on ne peut pas lui en tenir rigueur, et chacun de nous avait hoché la tête en guise d'assentiment, la mine pénétrée. En réalité, à part Marie-Paule et Dorothée, nous pensions tous comme lui, au fond, mais ne nous autorisions simplement pas à le penser tout haut. Nous avions un peu honte, tout de même. C'est assez typique d'une certaine petite bourgeoisie étriquée : on n'affiche jamais franchement ses couleurs, des fois que ça pourrait faire mauvaise impression ou nous nuire d'une manière ou d'une autre, des fois qu'on changerait d'avis, juste pour être d'accord avec le voisin, l'invité, le client, pour agréer, pour se fondre, pouvoir opiner du chef. Les gens de mon milieu apprennent très tôt à ne pas avoir d'opinions trop tranchées. Et ce monde lisse, où toute divergence de pensée est tacitement malvenue, ce monde aux angles ronds, à l'odeur fade de perpétuel compromis, de consentement, ce monde, c'est nous qui l'avons créé. Nous, les médiocres, appelés enfin à régner. Nous menons la danse macabre de notre Occident déboussolé. Nous crevons lentement dans des mouroirs, mais nous tenons encore les rênes, croyez-moi, c'est nous qui avons le pognon, qui payons les taxes, qui nous bougeons pour aller aux urnes. C'est nous qui donnons le *la*. C'est pas pour rien qu'on s'est souvenu de nous avec le covid.

Nous sommes les assassins de la Terre, nous les plus de soixante-quinze ans. Nous nous sommes odieusement enrichis après la guerre, en ne nous souciant de rien d'autre que de nos cuisines équipées et de nos voitures, de nos vacances et de nos grille-pain. Le confort, voilà le nouveau dieu que nous avons vénéré et laissé en héritage à nos rejetons. Le confort et l'apparence. Mais vous êtes de la génération de Mai 68, et relativement éduquée, me direz-vous un peu outré, un peu sentencieux, vous auriez pu prendre conscience, quand même, quel âge aviez-vous, Dominique Biron, en 1968, quel âge ? J'avais vingt-sept ans, monsieur, madame, vingt-sept ans, j'étais mère et femme au foyer. Je me souviens des pavés, de la plage, des fleurs dans les cheveux, de Woodstock, oui, je m'en souviens, mais de très loin. Ce ne sont pour moi que des images à la télévision, quelques coupures de journaux. Un autre monde dans lequel je n'avais aucune place. En mai 1968, je cuisinais des plats gras en sauce, des rognons, du coq au vin, du steak de cheval ; en 1968, j'étais fière d'avoir un fer à boucler et une tondeuse électrique, je lisais *Martine au jardin* à mon fils John, trois ans, et nous nous moquions bien de la pauvre Martine qui poussait péniblement sa tondeuse manuelle, nous, nous avions la toute nouvelle Wolf, et plus question de faire le moindre effort ; en 1968, et malgré ma grossesse, oui, je buvais mon petit whisky de temps à autre et je fumais une cigarette, après avoir proposé les deux à mon mari rentrant du travail. Je m'asseyais dans le fauteuil à côté du sien, le fauteuil que vous connaissez déjà, et je tricotais un chandail pour mon fils pendant que nous échangions des propos d'une indécente banalité ; en 1968, je regardais Catherine Deneuve au cinéma et je la trouvais sublime, l'incarnation de la femme moderne, mais pas celle qui a besoin d'une tondeuse, hein, pas celle qui cuisine du cheval, non, pensez-vous, cette femme-là est d'une autre espèce de femmes, rien pour moi merci ; en 1968, j'attendais ma fille prénommée Catherine à cause de la femme moderne, je ne suis pas sûre que ça lui ait porté chance, j'attendais donc Catherine, avec vingt kilos de plus et des pieds gonflés, j'attendais l'heure d'aller au lit, le film du samedi avec de Funès, la visite chez la manucure, chez le coiffeur, j'attendais l'été, l'hiver, le bus, les mésanges sur la terrasse, le coup de fil de ma mère chaque lundi matin, j'attendais la mort, oui, déjà en 1968 j'attendais tranquillement, bien douillettement, bien benoîtement la mort. Cela vous semble familier ?

Victoire a dormi dans l'ancienne chambre de sa mère, comme toujours. Ce matin, nous avons pris le petit déjeuner, puis elle est allée vers la gare pour rejoindre son école de théâtre à Bruxelles. Pendant les vacances, je l'avais aidée à apprendre ses scènes pour l'examen d'entrée, il y avait *Les Bonnes* de Jean Genet, une scène entre une prostituée et sa mère maquerelle, et un extrait du *Malade imaginaire*, entre Toinette et le malade ; c'était étrange comme exercice. Étrangement grisant. Je ne m'étais jamais doutée que ce métier d'acteur pût être si terrifiant. On avance sans cesse en eaux troubles lorsqu'on joue la comédie. On marche sur une corde très raide, la corde qui nous relie à notre moi profond, que nous ne connaissons pas la plupart du temps, ou à peine. On est sans cesse à la merci de ce moi surgissant, surprenant, se révélant dans sa vérité, ce doit être épuisant. Une manière très puissante de vivre sa vie. À l'image de ma petite-fille. Sa mère serait heureuse de la connaître aujourd'hui. Si elle avait été enterrée, ou que ces cendres eussent été conservées dans un columbarium, je serais allée lui rendre visite avant de mourir. Mais Dorothée a demandé à être dispersée dans la mer. Nous sommes allés à la côte, juste John, Catherine, Denis, Victoire et moi, et c'est Denis, le compagnon de Dorothée et le père de Victoire, qui a renversé l'urne au-dessus de la mer, à marée très basse, par un crépuscule époustouflant. Dorothée aurait préféré l'océan Atlantique, une crique d'Irlande ou d'Écosse, je le sais, mais elle n'en a pas parlé. Je voudrais pouvoir aller rechercher ce qui reste d'elle au fond de l'eau et l'emporter là-bas, dans ces îles qu'elle adorait, où elle s'est toujours sentie chez elle. Je choisirais une très haute falaise, je prendrais une grande respiration, l'urne serrée contre ma poitrine, et je me laisserais tomber. D'une pierre deux coups.

Bon, cesse de rêver! Que tu le veuilles ou non, cette maison sans cachet, ces vêtements qui te couvrent, dépourvus de véritable élégance mais très corrects, relativement chers et pratiques, ce jardin trop bien entretenu où rien ne dépasse, ces rues paisibles et sans âme qui donnent envie de se foutre en l'air, tout cela te définit. Aujourd'hui que ta fin est proche, tu aimerais te faire croire que toi, Dominique Biron, tu es bien plus que ça, toi, tu es cette femme ordinaire que la maladie et la proximité de la mort ont rendue extraordinaire. Ta lucidité, ta colère, ta joie féroce à dénigrer, tes remontées acides face au monde et à ta vie te rendent, crois-tu, un peu de singularité, un peu de noblesse, te donnent, enfin, une identité. Tu vivais avec toi-même sans savoir qui était ce toi-même, et voilà qu'à présent cette personne se révèle enfin. Enchantée, Dominique Biron ! Une fameuse épiphanie qui mérite bien un petit coup de gnôle. Je cache dans l'armoire à chaussures un alcool de prunes pas piqué des vers, un tord-boyaux redoutable qui me nettoie le gosier quand l'envie se fait sentir. Je me dirige vers le vestibule et ladite armoire, trouve la bouteille qui attend sagement dans les odeurs de pieds, au passage je tombe sur une paire de pantoufles de Jean-Luc, ses préférées en mouton retourné, je croyais avoir tout donné à Oxfam… Je pense souvent depuis à tous les pauvres qui courent le monde, rhabillés en Jean-Luc. Bien sûr, il n'y a aucune chance qu'un ensemble complet lui ayant appartenu arrive sur le dos d'un malheureux. Ces hardes que l'on pousse négligemment dans des sacs plastiques et que nous jetons dans des points de collecte avec bonne conscience voyagent-elles jusqu'en Afrique, jusqu'en Asie ?

Je me souviens d'images de la canicule en Inde, en mars dernier : par 52 °C, une décharge gigantesque en feu, hantée par des femmes, des enfants, occupés à fouiller parmi les centaines de milliers de costumes de centaines de milliers de Jean-Luc. Ces continents sont nos poubelles, les déchetteries de nos pays riches. Nous déversons notre merde sur le monde en une diarrhée ininterrompue. J'ouvre la bouteille et bois une bonne rasade au goulot, à la santé de Jean-Luc, des vivants et des morts.

Sur la pelouse, la caisse de *brols* a disparu. Elle aura fait un heureux. Ou bien la Devyver l'aura prise pour débarrasser le quartier si convenable de ce détail prolo. Quand j'étais gosse, les petites villes et les villages étaient remplis de caisses comme celle-là; les abords des maisons, et pas seulement celles des *barakis*, offraient un spectacle de brocante permanente. C'était gai, douteux, et, en fin de compte, réjouissant. Les gens n'avaient pas honte lorsqu'un jouet gisait dans leur cour, qu'un chardon poussait entre les pavés de leur terrasse. Ce n'était pas grave. Avec mes sœurs, je passais une partie de mes vacances chez les parents de ma mère, des gens merveilleux qui étaient fermiers dans l'Entre-Sambre-et-Meuse. Dans le village vagabondaient des garçons et des filles pauvres, à qui on servait du *corned-beef* au dîner, qui se lavaient dans une grande bassine posée sur un sol en terre battue, des enfants aux dents cariées, aux gueules de travers, qui recevaient des taloches comme moi je glanais les baisers de ma mère. Nous jouions ensemble dans les campagnes et les bois, nous parcourions les chemins à vélo tout le jour, et j'avais le droit de salir et même de déchirer mes habits. Pour le goûter, je revenais manger les pains perdus de ma grand-mère, et je ramenais mes compagnons de jeu; toujours, ils étaient bienvenus à table, ma grand-mère leur demandait gentiment des nouvelles de leur famille, leur remettait du beurre ou des œufs de la ferme. Eux m'invitaient parfois à partager un repas. Moi qui étais si dure, si indifférente à beaucoup de choses, je me souviens d'un soir chez le petit Paul, qui avait huit frères et sœurs et vivait dans une maison de trois pièces sans eau courante. Ils m'ont accueillie comme si j'étais la reine d'Angleterre, et j'étais si gênée que je me suis mise à pleurer. Le père de Paul était ferrailleur. La petite grange de guingois qui jouxtait leur maison était une caverne d'Ali Baba pour nous, les enfants ; on y trouvait des accessoires de jeu improbables, de quoi fabriquer des carrosses et des épées, des crinolines, on y trifouillait à l'envi jusqu'à ce qu'un jour Paul se blessât avec du vieux fer rouillé et mourût du tétanos. Mon père m'interdit d'y retourner, et finit par ne plus autoriser nos vacances chez les grands-parents. J'en ai beaucoup souffert, et je crois qu'eux aussi.

Plus tard, je me suis moi aussi opposée à ce que mes enfants fréquentent les pauvres, ou les gens d'un genre suspect ; je n'ai jamais été capable de décrire avec précision en quoi consistait ce genre. Cela ne tenait pas spécifiquement à la profession des parents ni à l'état de fortune, à l'allure générale adoptée par la famille, c'était un peu tout ça, et cela pouvait aussi résider ailleurs, sans que cet ailleurs soit très clair. Les gens fréquentables, c'est quelque chose d'impossible à définir, mais cela existe, aussi sûrement que les éboueurs ou les avocats existent, et il n'y avait pas à discuter. Jean-Luc et moi étions bien d'accord là-dessus. Dès qu'une personne entrait dans la vie d'un de nos enfants, nous nous transformions en grands inquisiteurs : où vit-elle ? Que font ses parents ? Comment est sa maison ? Dans quelle école étudie-t-elle ? Il était encore nécessaire que je juge son apparence pour donner mon plein accord à une éventuelle amitié naissante. Car on pouvait provenir du meilleur milieu et ressembler au chanteur des Cure. C'était le cas chez ma cousine Gabrielle, dont le fils était le jumeau de Dracula. Pas de cheveux noir jais, de mitaines, de chapelets au cou, pas de bas résille troués ni de grolles de militaire chez moi.

Vous vous doutez que ce n'était là qu'un vœu pieux… Dorothée n'acceptait pas mes jugements, encore moins les critères qui m'avaient permis de les rendre. Elle ramenait qui elle voulait à la maison, et je me suis vue contrainte de servir la soupe à un type aux oreilles percées une bonne vingtaine de fois, à une fille rasée et tatouée comme un routier, ou à une créature mi-homme mi-femme qui portait des ongles aussi longs que des couteaux à viande. Mais en réalité, je crois que les plus choqués par ces personnages hauts en couleur étaient John et Catherine, qui refusaient catégoriquement de manger à la même table. Les amis de Dorothée étaient souvent des gens intelligents et originaux, il fallait l'admettre, et j'ai eu, à mon corps défendant, quelques bons moments en leur compagnie. Les copains de Catherine et John me laissaient parfaitement indifférente, pour la plupart. Je les voyais entrer et sortir, bien mis dans leurs lodens et leurs pulls jacquard, comme autant de fantômes rassurants et interchangeables. Il y avait bien ce type charmant au nom à particule, un peu dandy et très cultivé, un ami de John du temps des études à Saint-Michel. Maximilien de Machin Chose, d'origine italienne, musicien, drôle et d'une sensibilité à fleur de peau. Lui, je m'en souviens très bien. Jean-Luc se ridiculisait quand il venait dîner. Il était impressionné par son allure, sa culture, la classe naturelle et sans affectation qui émanait de toute sa personne. Le bon vieux complexe d'infériorité du petit bourgeois face à l'authentique gentleman. Moi aussi il m'intimidait, Maximilien, je dois le reconnaître. Je rougissais quand il passait le seuil, son bouquet de fleurs à la main. Je me suis quelquefois caressée en pensant à lui, alors que Jean-Luc ronflait contre mon flanc. Pauvre Jean-Luc, qui bredouillait des inepties pour se donner un peu d'épaisseur face à ce garçon raffiné et simple qui n'en demandait pas tant et qui faisait son possible pour ne pas manifester son embarras. Ah, Wagner, l'ouverture de *Tristan*, une œuvre éternelle ! Il faudra que je te montre le violon de mon père, tu me diras ce que tu en penses… Seigneur, le violon de son père… Une crécelle insignifiante que le vieux faisait grincer aux mariages, mais Jean-Luc croyait que c'était l'œuvre d'un grand maître, il n'en démordait pas. Et tu reprendras bien un peu de ce pommard, cher Max ? Pour ce cher Max, il sortait un des rares côtes-de-beaune de la cave. Il aurait bien vu Max épouser Catherine. Mais elle n'en avait rien à faire de ce type.

Le ciel s'est brusquement couvert, me semble-t-il. Et voilà que le vent se lève, faisant ployer les trois bouleaux au fond du jardin. Ma vie doit vous paraître un long cortège de regrets, de rage rentrée, de dépit, de désillusions, d'envies ravalées. N'en est-il pas de même pour vous, si vous avez passé la cinquantaine ? Non ? Alors vous êtes un chanceux, un affamé de la vie, un exigeant, un être fort et puissant, quelqu'un qui n'accepte pas le compromis ni le consentement, et vous faites partie des 0,001 % de l'humanité. Vous êtes magnifique, terrifiant, et terriblement seul. Vous êtes Cyrano. Ou alors vous êtes un aveugle et un sourd, un indécrottable optimiste, probablement un niais, un adulte coincé en enfance, ou un fou. Vous êtes de ceux qui clament que la Terre se porte à merveille et que l'avenir nous sourit. Vous êtes le prophète invétéré des lendemains qui chantent. Vous repoussez l'inquiétude, vous livrez une bataille acharnée au doute, on vous aime, vous êtes soutenu, très entouré, vous avez toujours une épaule compatissante sur laquelle vous reposer, vous faites partie d'un club, le club des cons, mais c'est mieux que rien. Et ce club ne manquera jamais de membres, tant que l'homme traînera sa naïveté toxique et son outrecuidance sur terre. Enfin, il reste une dernière option : vous êtes un lucide, et alors bon courage, camarade. Nous sommes plus nombreux que les forts, et un peu plus solitaires, car nous ne nous réunissons pas pour échanger, nous, pour célébrer notre absolue incapacité à nous leurrer. Nous avons pour habitude, depuis bien longtemps, de nous recroqueviller dans notre coin, nous sommes les pestiférés, ceux qui vous amusent un temps avant de vous donner le bourdon. Nous sommes le tord-boyaux des fins de nuits, celui qui vous laisse une gueule de bois que vous n'oublierez pas de sitôt. C'est de loin la position la plus cruelle, la plus intenable, vous êtes d'accord? On nous dit durs, dénués d'empathie, prisonniers de notre ironie, nihilistes stériles, briseurs de rêves, nous sommes les asociaux irrécupérables; s'il existait un vaccin contre ce mal qui nous ronge et déteint sur la riante humanité, on nous l'administrerait sans tarder.

En parlant de vaccin, il est bientôt l'heure de ma piqûre. Catherine a dit qu'elle passerait me prendre vers 14 heures. Il est 13 h 30. Je me lève du fauteuil de Jean-Luc, je devrais aller aux toilettes, mettre un brin de rouge à lèvres, une goutte de parfum. Elle reste coquette, dit-on de moi à l'épicerie, chez le médecin, à la poste après mon passage. Elle ne se laisse pas aller, toujours tirée à quatre épingles, et bien droite, l'œil vif. Je me rends à la salle de bains, le miroir me renvoie ma tronche déjà ravalée : poudre, très légère ombre à paupières grise au-dessus de mes yeux d'un bleu singulier, presque turquoise (de loin la plus belle tranche matérielle de ma personne), lèvres teintées de ce rose très discret et saumoné que je porte depuis vingt ans. Ou bien est-ce depuis toujours ? Oui, il me semble que déjà, à dix-huit ans, j'arborais cette couleur à la fois trop rose et trop pâle, mièvre, une couleur qui vous agresse le regard tout en s'excusant d'exister. Et qui, de surcroît, vous donne un air de sainte-nitouche. Cela en dit long sur vous, un tel rouge à lèvres, pour entrer dans votre vie de femme. On peut juger une femme à son rouge à lèvres. Si, si. Je me suis donc maquillée ce matin, je n'en ai aucun souvenir… Ce matin… Voyons, Victoire était encore ici, et voilà le pourquoi ! Je me suis maquillée pour elle.

Une décharge dans ma poitrine en pensant à Victoire, je vois sa silhouette gracile se déhancher, ses longs cheveux battre ses reins, puis elle disparaît derrière le coin de la rue. Je dois m'asseoir en me tenant le thorax. Mon cœur me faciliterait-il la tâche en me lâchant maintenant ? Ô Dieu, je t'en prie, qu'il cède ! Je ne t'ai plus rien demandé depuis des lustres, tu peux bien me rendre cet ultime service. Ah, mais non, ce serait un peu facile, Dominique Biron ! Tu as perdu la foi, tu as tenté de passer un accord avec Satan, tu ne vas plus guère à la messe, tu t'es fourvoyée, et à présent tu as besoin de moi ? Dominique, tu m'as abandonné. Tu erres seule dans le désarroi, la sécheresse de cœur de ceux qui m'ont tourné le dos. Tu souffres loin de mon sein.

Sale vieux chnoque susceptible et rancunier, tu es aussi mesquin que nous, tu nous ressembles beaucoup trop pour exister en dehors de notre imagination de faibles, tu n'es rien ! Je me débrouillerai bien seule, va, je n'ai pas besoin de toi, moi ! Espèce de vieille chique. Tu me fais penser à une vieille chique collée sous les bancs d'école, on la laisse un jour là parce qu'elle n'a plus de goût, plus d'élasticité, aucun intérêt. Mais elle reste tranquillement au même endroit, tapie, embusquée, elle peut à tout moment se rappeler à votre bon souvenir, venir se coller à votre main errante, ou même s'accrocher à vos doigts si elle n'est pas encore solidifiée, à vos cheveux, à la laine de votre pull. Tu es là, dans ma vie, comme ces chewing-gums oubliés. Je te retrouve toujours, planqué sous la tablette de ma conscience. Je voudrais te perdre pour de bon.

Dans ma classe de cinquième primaire, il y avait ce garçon, Yves, d'une beauté fracassante, sale et violent, qui décollait les chiques des bancs et les mastiquait. Pas seulement ses propres chiques, il prenait tout ce qui se présentait à ses doigts aux ongles longs et noirs, et l'enfournait avidement. Les professeurs avaient bien tenté de lui faire perdre cette curieuse habitude, en le punissant, en lui donnant des devoirs supplémentaires. En vain. Yves avait une passion pour les vieilles chiques. Je n'ai jamais osé lui demander en quoi consistait son plaisir. Il devait aimer l'effort que cela demandait de les rendre à nouveau souples et conciliantes entre ses dents, il appréciait peut-être même leur odeur de salive mêlée à la lointaine trace de leur saveur originelle, et le fait de savoir qu'elles avaient été mastiquées par une autre bouche. Rarement une manie m'aura semblé aussi perverse, et aussi excitante. J'aurais pu regarder Yves mâcher durant des heures. Comme il était très souvent assis au fond de la classe avec les cancres, j'avais peu l'occasion de le contempler, alors je l'imaginais mâchouiller ses immondes chiques, avec son air de sale gosse qui se fout de tout, son sourire carnassier de dents déjà gâtées ; j'y pensais encore sur le chemin de l'école, et jusque dans ma chambre, je voyais sa mâchoire volontaire saillir et claquer sous ses yeux de gitan, voilés de mèches noires et luisantes. Yves Carpiniaux, mon premier fantasme. Je me rappelle son nom ! J'ai oublié tous les autres, tous ceux de la classe de cinquième. Ce n'est pas un problème de mémoire. C'est de l'indifférence. Je me demande s'il vit encore… Dring, dring ! C'est Catherine. Je descends doucement l'escalier, le pincement dans ma poitrine est toujours là, ainsi que l'image de Victoire s'éloignant pour toujours.

À peine entrée, ma fille me demande si je n'oublie pas de prendre mes médicaments. *Bonjour ? Comment vas-tu ?* Non, on n'en est plus là entre nous. Tout de suite les choses importantes, essentielles, questions de vie ou de mort. Catherine a une mine affairée en permanence. En permanence soucieuse d'une chose hors de portée, une chose à faire, qui l'attend là où elle ne se trouve pas, une chose dont vous ou ce qu'elle a à faire avec vous la distrait, la sépare, et comme c'est contrariant ! Catherine a pondu trois enfants, Élodie, vingt-deux ans, Jean-Baptiste, dix-neuf, et le petit dernier, l'heureux accident, celui auquel j'ai rêvé d'arracher les bras, Gaspard, douze ans. Je les vois le dimanche, pour le poulet. Enfin, je les croise à table, mais eux ne me voient pas car ils sont captivés par leurs smartphones.

Catherine habite une très vaste maison dans un beau quartier d'Uccle. Elle a élevé ses enfants dans un confort anesthésiant, encore bien supérieur à celui qu'elle a connu avec Jean-Luc et moi. Le brave Gaétan est cadre dans une multinationale, je n'ai jamais compris ce qu'il y faisait, quelque chose avec des chiffres, et cela me fait penser à la série *Friends*, que mes enfants ont tous aimée : au bout de plusieurs années, personne de la joyeuse bande ne sait ce que fait Chandler, on se souvient juste qu'il s'agit de « *something with numbers* ». Catherine ne travaille pas, mais est plus occupée qu'un ministre, sans que ces occupations se révèlent plus utiles que celles de la plupart de nos politiques. Enfin, il est bien difficile de juger de notre utilité dans le monde, me direz-vous. C'est très relatif, sans doute. J'ai tendance à penser aujourd'hui qu'un éboueur est bien plus nécessaire à la société que ma fille Catherine, par exemple, une madame pipi aussi (pardon, une *technicienne de surface*, puisque c'est ainsi que notre monde hypocrite maquille la nature exacte des métiers considérés comme dégradants, afin de les valoriser, ce qui a bien sûr l'effet totalement inverse, en plus d'être parfaitement ridicule). Et cette soi-disant technicienne est d'autant plus précieuse de nos jours, si l'on tient compte du fait que les toilettes d'un restaurant ou d'une gare sont des plaques tournantes de la transmission des maladies infectieuses; or on peut raisonnablement croire que ce sera une de ces maladies, sans doute encore inconnue, qui risque de menacer assez dangereusement notre espèce dans un avenir très proche. Je ne parle pas du covid, bien sûr, ce petit virus qui n'emporte que les vieux et les faibles, mais bien d'un truc sérieux, vraiment létal. On devrait les applaudir, ces femmes, ces hommes, les rémunérer décemment, leur dédier une petite fête chaque soir avant manger, comme on le faisait pour les soignants au premier confinement, avec les vuvuzelas qui s'époumonaient dans l'air saturé d'odeur de friture, et les voix éraillées par tout le vin qu'on s'enfilait à cause de l'ennui, du gosse qui devenait nerveux, de la femme qui ne savait plus quoi cuisiner, du soleil trop intense qui nous rappelait notre assignation à résidence avec une morgue intolérable.

Qu'ai-je fait de ma vie? Comment ai-je pu employer si mal le temps qui m'a été imparti? Cette question ne cesse de me hanter, elle surgit dans ma conscience comme le fantôme d'un être que j'aurais martyrisé dans l'enfance, un petit gars sain et joyeux que j'aurais tabassé, humilié, définitivement privé de sa joie de vivre; chétif et hargneux, il avance vers moi en claudiquant, un infâme sourire aux lèvres, le sourire de celui qui vient régler ses comptes. Je ne sais quoi lui dire, je me sens mortifiée, épouvantablement, pour toutes ces années de vide, d'ennui. Comment me justifier ? Mais c'est l'éducation, tu comprends, la peur, l'indifférence déjà aussi, oui, la puissance écrasante de l'inertie, le déni, que veux-tu que je te dise, à la fin ! Et pourquoi faut-il mourir satisfait de sa vie, après tout ? Pourquoi faut-il être absolument content de soi, fier de sa personne, de son petit parcours ? En vertu de quoi l'homme éprouve-t-il le besoin de donner du sens à tout ce qu'il fait, à ce qu'il est, qui la plupart du temps est d'une insondable médiocrité ? Plus nous pressentons cette médiocrité, plus nous réclamons du sens, donnez-nous du sens, du sens, par pitié, du contenu, de la substance, de la lumière ! Alors que nous sommes au bord de l'extinction parce que nous avons tué ce qui nous tenait en vie, nous exigeons plus que jamais que notre moment sur cette terre ait un sens. Et si nous n'avions simplement qu'à passer, à occuper une tranche de temps infime, puis à disparaître, et basta ? La plupart d'entre nous sont dans cette situation, l'immense majorité même. Voilà une pensée qui me rassérène. Qui me fait éprouver une vague de tendresse pour mes médiocres et très semblables frères humains.

Je me sens merveilleusement bien, soudain, alors que j'attache ma ceinture de sécurité, et que Catherine met les gaz, passe les vitesses avec la fluidité, la fougue d'un jeune homme, que les rues mornes défilent sous mes yeux qui ne les voient plus. Les images d'un marché sur la place d'un village andin me traversent, je vois un visage en particulier, une femme portant ce chapeau noir caractéristique, et un bébé dans le dos, elle me sourit de sa bouche très ajourée, lumineuse, et me prend la main. Jean-Luc m'intime de ne pas y faire attention et de passer mon chemin, elle essaye sans doute de te vendre quelque chose, me susurre-t-il, puis il fait un petit signe d'agacement vers la femme comme s'il chassait une mouche, mais elle ne bouge pas, ne fait aucune attention à lui, pas plus que moi, qui reste là et lui laisse ma main. Je sens le regard éberlué de Jean-Luc : ça ne me ressemble pas de considérer les autochtones, enfin, sauf s'ils sont le clou d'une cérémonie ou d'un spectacle, mais quand ils m'abordent dans la rue, grâce à ma haute taille, je n'ai souvent pas trop de mal à faire semblant de ne pas les voir.

La femme dépose dans ma paume une minuscule grenouille porte-bonheur, puis la referme et garde ses mains autour de la mienne. Pourquoi m'a-t-elle fait ce présent ? Pourquoi moi ? C'est cela que j'ai envie de lui demander, mais je suis incapable d'aligner trois mots d'espagnol, et bien vite l'émotion me serre la gorge. Le contact de sa peau tannée et chaude me fait du bien, je voudrais qu'elle ne me lâche pas, je voudrais la suivre où sa vie l'emmène, dans sa cahute de torchis, m'asseoir sur la terre battue et l'observer qui allaite son bébé, moud le maïs, tisse une couverture, fait toutes ces choses que je ne connais pas. Jean-Luc a disparu dans la foule, et j'imagine une seconde qu'il m'a abandonnée là, avec cette jeune femme, et que ma vie est ici désormais, dans cet obscur village perché, loin de tout ce que je sais, de tout ce qui meuble mon temps et qui lentement m'éteint. Et comme si elle avait senti mon élan immobile vers elle, elle m'entraîne de l'autre côté de la place, et moi je la suis docilement, le cœur battant, je marche derrière son dos où dort son bébé ; j'ai les yeux rivés à la couverture rayée et colorée qui enveloppe l'enfant, je marche comme si le Christ en personne me guidait, nous empruntons des ruelles baignées d'ombre, elle baisse la tête et passe une porte, se retourne et pose la main sur mon front pour que je ne me cogne pas au linteau de bois. Dans ma main la grenouille d'argile se rappelle à moi, je la serre. L'intérieur est frais, bariolé, gaiement en désordre, et vide d'humains. La femme dénoue le porte-bébé, et étend l'enfant endormi sur ses genoux repliés en tailleur, il s'éveille vaguement mais se rendort aussitôt ; elle le berce en lui chantant une comptine. Lorsque je suis assise, elle se lève et dépose son enfant sur mes genoux, puis va mettre une bouilloire à chauffer, sans interrompre sa chanson. Le temps passe lentement avant que l'eau ne se mette à bouillir, mais je suis parfaitement bien là où je suis, avec ce doux poids contre ma poitrine, j'observe la femme préparer le maté avec des feuilles de coca, dans la lumière crue qui se déverse d'une petite fenêtre, ruisselle comme une pluie d'or et enveloppe l'Indienne d'une aura poudrée. Je pense : *jamais*. C'est le mot qui me vient : *jamais*. Jamais encore je n'avais vécu un moment comme celui-ci. Jamais je ne l'aurais rêvé, jamais Dorothée ne saura ce qui se passe ici, parce qu'elle est morte, jamais Jean-Luc ne reviendra me chercher, jamais je ne retournerai en Belgique, jamais je ne reverrai cette femme, jamais je ne voudrai la quitter.

Alors que nous approchons du vilain bâtiment où on pique à tour de bras le troupeau de bovins que nous sommes, Catherine me demande, inquiète, tu vas bien, maman ? Mais parfaitement bien, je réponds, on ne peut mieux. Et je suis sincère, je viens de comprendre quelque chose d'important : il est là, le sens, à défaut de pouvoir nommer autrement ces instants, il est là, dans la compagnie de cette jeune mère et de son enfant, dans l'intimité où elle m'a accueillie, comme on reçoit un naufragé dans la tempête, un égaré dans la tourmente. Que demande le peuple ? a coutume de dire Victoire. De quoi est-ce que je me plains, en effet ? J'ai connu ces moments de grâce, je les ai reconnus lorsqu'ils m'ont été accordés, et je m'en souviens encore comme si c'était hier.

Le miracle a pris fin quand Jean-Luc a déboulé comme un forcené dans la maison, haletant et au bord de l'apoplexie. Je te croyais enlevée, ou morte ! hurla-t-il ; le bébé s'est réveillé dans mes bras et s'est mis à pleurer. Je l'ai donné à sa mère, et je suis restée un instant devant elle, immobile et muette, avant que Jean-Luc n'empoigne mon bras et me tire brutalement à l'extérieur, me traîne presque et me propulse dans la fournaise de la place grouillante de monde, me rende à mon état de touriste stupide, de femme dépossédée. Le soir, nous nous sommes disputés, parce qu'il prétendait que cette Indienne était disposée à me voler, ou pire, à me céder aux gars d'un cartel. Jamais il ne m'a fait autant rire. Jamais je ne l'ai autant haï. Jamais.

Bonjour, vous avez votre convocation ? Très bien, vous pouvez prendre l'allée 5 et vous présenter au guichet, on va procéder à votre vaccination sans tarder. C'est devenu une telle routine, tout ceci, on offre son épaule comme on donne la main en signe de bonjour. On pourrait nous injecter n'importe quoi. J'avance sur un tapis rouge jusqu'à la jeune fille du guichet qui vérifie mon identité avant de m'envoyer dans une petite cabine où m'attend l'infirmière chargée de faire ma piqûre. Catherine reste à l'extérieur. L'infirmière est masquée, ses yeux sont superbes, d'un gris presque noir semblable à de la roche volcanique. Ils sourient, ces yeux, de manière complètement robotique, aucune sincérité dans ce sourire, aucune âme. C'est normal, elle doit faire ça depuis des heures, la pauvre fille, elle en a marre de dénuder des épaules, de toucher des peaux, des vieilles peaux surtout, d'après ce que je vois autour de moi. Marre de humer les odeurs corporelles, les parfums. C'est dommage qu'elle soit si lasse. J'aurais aimé un sourire vrai, le vrai sourire d'une inconnue, comme un chaleureux adieu anonyme.

Cela ne fait pas mal ? Pensez-vous ! Vous ne faites pas de réaction ? Jamais. Plus aucune réaction depuis bien longtemps. Jusqu'à hier matin, au réveil, quand j'ai décidé d'en finir. Je m'en souviens si précisément. J'ai ouvert les yeux en prononçant mes nom et prénoms. On dit que les malades d'Alzheimer finissent parfois par ne plus savoir qui ils sont. C'est la pensée qui m'est venue alors que j'épelais à voix haute les syllabes qui depuis ma naissance m'identifient, et ont fini par incarner une certaine idée de moi-même, que je le veuille ou non. J'ai pensé à la mort, non pas à la mienne précisément, au moyen pratique de faire cesser ma vie, mais plutôt à l'idée de la mort en général. Il y a deux ou trois ans, lors d'un voyage en train pour rejoindre la famille de Catherine dans le Luberon, j'ai rencontré une femme d'une soixantaine d'années qui m'a confié que ce n'était pas la mort qui lui faisait peur, mais d'être séparée de son mari. Elle disait qu'elle se fichait pas mal de mourir, mais qu'elle ne supportait pas l'idée de ne plus être avec lui. Elle espérait donc partir la première. À l'époque, j'avais chassé la rêverie un peu envieuse que cet aveu avait provoquée en moi, et j'avais haussé intérieurement les épaules, en pensant, oui, on dit ça… Mais c'est une pose, une idée dégoulinante de sentimentalisme. Depuis quelques semaines me reviennent ses mots et l'expression de son visage, indubitablement, effroyablement sincère. J'aurais voulu savoir ce que c'est que d'éprouver cela. Vraiment. Je l'ai dit à Victoire hier. Elle m'a regardée bizarrement. Elle ne connaît de moi que mon côté ironique, abrupt, qui lui ressemble beaucoup. Même vis-à-vis d'elle que j'aime plus que tout, je reste la rosse que j'ai toujours été. Je désirais si fort partager avec elle ce regret pourtant, et je n'ai pas osé, j'ai dit que c'était une blague, je n'ai pas eu le cran de lui parler sans distance, sans la moindre once de second degré, et de lui dire, tu sais, c'est la vérité, j'aurais voulu vivre ça, et toi, chérie, enfant adorée, joie de ma vie, ouvre-toi, ne laisse pas le ver du cynisme ou de l'ennui te dévorer le cœur, et lentement te l'arracher.

Voilà, madame Biron, vous êtes parée! me lance l'infirmière aux yeux étranges. On dirait qu'elle me prépare à un voyage dans l'espace. J'éclate de rire, et aussitôt Catherine entrouvre le rideau et tend le bras, et dans le même mouvement me tire un peu brusquement de la cabine, sans doute embarrassée par mon accès d'hilarité. Ah, ma Catherine… Splendide bébé aux yeux pervenche, rond et souriant, un bébé de publicité. Je dis ça en prenant toute la mesure de ce que cette phrase signifie. Je la voyais ainsi, je la contemplais de loin, comme si elle était un de ces enfants qui posaient pour le savon Dodie ou les langes, et cela me procurait une souffrance sourde, à peine consciente, lancinante comme une inflammation du nerf sciatique. Je l'observe, et elle me jette un regard à la dérobée, tout en cherchant Musiq3. Elle n'y entend rien en musique classique, pas plus que quiconque dans cette famille, excepté Dorothée. Mais elle n'écoute plus que ça, enfin, c'est le bruit de fond permanent de sa vie dans la voiture ou chez elle. Des accords un peu discordants s'échappent de la hi-fi indécemment chère, ce n'est pas très mélodieux, dis-je, et Catherine opine distraitement, car je sais qu'elle n'écoute pas vraiment, alors elle zappe et tombe sur Johnny, *L'Envie*. Elle s'apprête à changer de nouveau : Johnny, c'est proscrit chez les bourgeois, notre religion nous l'interdit, on peut exposer une laide copie d'un *Livre des morts* égyptien, donner de l'argent littéralement sous la table aux neveux à Noël, on peut demander au voisin d'abattre un érable centenaire parce qu'on en a marre des feuilles dans notre jardin, mais Johnny, en aucun cas sa voix ne sera tolérée dans nos vies bienséantes. Enfin, ça va mieux depuis qu'il est mort, on s'autorise à apprécier certaines chansons sans craindre d'être associé de près ou de loin à la populace, et les morceaux moches, les kitch, ben on finit par les lui pardonner, parce que c'était vraiment un talent hors norme, ce Johnny, unique ! Et on les écoute en osant pousser la chansonnette avec lui, comme moi en ce moment. Celle-ci est absolument géniale, une grande réussite. *Qu'on me donne l'envie, l'envie d'avoir enviiiiiiie...* Maman, s'te plaît ! La voiture a stoppé net, dans un bruit de freins. Catherine se passe une main sur le visage, redémarre. Non, vraiment, c'est pas le moment, dit-elle, au comble de l'agacement. La journée n'a déjà pas été top, alors, *please*, n'en remets pas une couche. Mais qu'est-ce qui t'a pris ! Hein, pourquoi tu brailles du Johnny ? Tu détestes Johnny. Oh la la, on n'est pas rendus, murmure-t-elle en soupirant, comme si je n'étais pas assise à côté d'elle. Pauvre Catherine, tu anticipes la suite, la fin même, qu'est-ce que ce sera d'ici trois, six, dix mois ? Le grand Jojo accompagné d'un french cancan ? Ah, ma pauvre fille, je prends conscience de l'absolue nécessité de mon geste à venir, je mesure pleinement ce que je t'épargnerai.

Le ton s'est radouci quand tu me demandes, ça te dit d'aller manger un gâteau chez Coco Craque à Waterloo ? John nous rejoindrait, c'est à côté de son bureau. Pourquoi pas... Je dis d'accord pour le gâteau dans ce salon de thé au nom idiot, et pour John, même si le voir me déprime profondément. Sa gaieté permanente et surjouée, sa fébrilité, ses clignements d'yeux intempestifs me plongent dans des affres de perplexité. J'ai surpris un nouveau tic la dernière fois qu'on s'est vus, cela doit faire trois semaines : il se caressait le lobe d'oreille sans arrêt, pendant que sa paupière gauche était animée de drôles de petits tremblements. Il me faisait penser à un braque épileptique. J'ai mis une main sur son avant-bras et je m'apprêtais à poser une question à ce propos, mais avant que je n'ouvre la bouche, Catherine m'a donné un coup de pied. Le boulot le rend fou, prétend-elle, John est en pré-burn-out. Mais c'est ce que j'entends depuis deux ans au moins, et lui nie farouchement chaque fois que sa sœur en parle devant moi. Je vais très bien, au contraire, mon job est hyper-excitant en ce moment, j'arrête pas de voyager, je suis allé à Dubaï la semaine dernière, et avant ça Rome, et avant Stockholm, c'était génial ! Et je crois que je vais être promu, c'est chaud là. Ça aussi, on l'entend depuis deux ans. Le fils de John, Simon, est déjà père, il a épousé une Danoise et vit à Aarhus. Je suis allée les voir l'été avant le covid et j'ai compris qu'ils étaient heureux. Il revient le moins possible et il a bien raison.

Chez Coco Craque, je choisis un *cupcake* turquoise parsemé de bonbons roses et jaunes. Je ne vois pas l'ombre d'une pâtisserie qui ne soit conçue pour une gamine américaine de cinq ans. Catherine prend juste un thé, elle est au régime, comme toujours. Nous n'avons rien à nous dire, et je m'entends mâcher dans le silence qui règne, à peine troublé par la voix d'un client au comptoir. J'ai l'impression que ma mâchoire claque dans un bruit sec comme le craquement d'une branche. Ce n'est pas un dentier, rassurez-vous, j'ai encore presque toutes mes dents. Catherine me regarde, elle a entendu elle aussi. John arrive bientôt ? je demande, pour faire diversion. Et à ce moment précis, j'aperçois sa silhouette pousser la porte, il nous adresse un geste qui me fait vaguement penser au salut nazi, nous rejoint de quelques raides enjambées, m'embrasse, ou plutôt pousse maladroitement sa joue maigre contre la mienne en faisant un bruit de bouche dans l'air. Salut, M'an. Cinquante-sept ans, grand et dégingandé, osseux, le cheveu rare et terne, réparti en couronne autour d'un front trop haut, des cernes comme des pièces de deux euros sous ses yeux gris déjà délavés, voilà mon John aujourd'hui. C'était un gamin avenant et allègre, serviable, qui adorait la photo et était pas mal doué. Études de droit, puis il est devenu juriste pour de grosses sociétés. Il fait partie de la multitude d'hommes entre trente et soixante ans qui perdent leur vie à la gagner. Il explique qu'il n'a que cinq minutes, le boulot l'attend. Ben tiens ! Il nous assomme à propos de sa nouvelle alarme qui se met en route pour rien au milieu de la nuit, se plaint de Jeanine, sa deuxième femme, qui veut faire une retraite yoga en Lozère au lieu d'aller au Vietnam, mais que va-t-il aller s'emmerder en Lozère à se les geler, manger des graines et trouver son silence intérieur, alors que la baie d'Ha Long par 32 °C et une chambre d'hôtel cinq étoiles lui tendent les bras ? Et faut en profiter parce qu'avec ce foutu virus, on ne sait pas de quoi demain sera fait, la foutue Lozère, elle sera là dans un an, mais le Vietnam, pas sûr qu'on puisse encore y aller. Et toi, M'an, ça va ? Sans attendre ma réponse, il est déjà debout et me heurte de nouveau la joue, en agrippant mon épaule un peu fort, juste au point d'injection. J'ai un mouvement de recul, alors il s'immobilise et lâche mon bras comme s'il le brûlait. On se regarde un instant, et je le vois enfant, quand il rentrait du basket, heureux et suant, et qu'il enlevait ses vêtements dans la buanderie près de la machine à laver, je revois son corps nerveux, noueux, je sens son odeur de transpiration, la seule qui ne me dérangeait pas, et puis tout s'évanouit comme un rêve, sa longue silhouette fébrile et maladroite est déjà sur le trottoir d'en face.

Je n'ai pas terminé le *cupcake*; il gît, tristement effondré sur la fine porcelaine fleurie, je trifouille rêveusement dans la crème couleur des mers du Sud. Catherine me fait sursauter. Bon, maman, faut que j'aille chercher Gaspard au hockey, tu sais, on est mardi… On est mardi, ma fille, bien sûr, je sais, mardi nous sommes, le mardi en mission hockey tu es, à chaque jour sa peine, à chaque jour son quota de dévouement, d'impression de vide rempli, chaque minute de chaque journée, car il faut justifier son existence de mère au foyer, pas seulement aux autres mais surtout à soi-même, et ce n'est pas une mince affaire, je le sais bien, il faut pouvoir soupirer sincèrement devant le café chez Barbara ou Sabine, les autres mères sans emploi. Oh quelle journée, d'abord voilà le volet électrique de la cuisine qui ne fonctionne plus, impossible d'avoir un réparateur avant demain, on se croirait dans une morgue, c'est déprimant, ensuite ma mère à faire vacciner, puis je l'ai emmenée prendre un goûter, je pouvais pas la ramener comme ça et la larguer comme un sac, alors me voilà en retard pour Gaspard au hockey, après ça les devoirs, quelle torture avec son déficit d'attention, tu sais ce que c'est toi, Sabine, enfin repas en vitesse, mais santé quand même, hein, j'ai une petite recette végane de derrière les fagots, vous m'en direz des nouvelles, elle est sur Insta… Je t'imagine parfaitement, ma fille, et cela me brise le cœur.

Je suis si lasse soudain, me lever et marcher jusqu'à la voiture me semble un effort surhumain. Catherine s'en aperçoit, et cela l'exaspère, je le sens à sa façon de me prendre le bras ; si elle pouvait, elle me plierait comme une Barbie et me foutrait dans son sac à main. Mais il faut bien avancer jusqu'à la Volvo à quelque cent mètres de la pâtisserie, il faut supporter mes petits pas hésitants, mon souffle court, ma main qui s'agrippe comme une serre à son bras. J'en remets des couches, car je vais mieux une fois dehors, mais la joie mauvaise de la faire enrager m'a galvanisée et ne me lâche plus. Une fois à la maison, elle ânonne la formule rituelle, ça ira, maman ? et je ne résiste pas au désir de faire durer ce petit jeu infâme, alors je dis d'un ton misérable, oui, oui, ma chérie, avec une grimace qui dit tout le contraire. Les vioques sont ainsi faits, les vioques adorent se faire plaindre et culpabiliser l'entourage. Mon père était ainsi, et tant d'autres, oncles et tantes, grands-pères, grands-mères ; je haïssais cela, mais je me disais : sois magnanime, ils n'ont plus grand-chose d'autre comme moyen de pression, comme petit pouvoir. Car c'est évidemment de cela qu'il s'agit, et de cela seulement. Enfin, il y a aussi le fric, qui est d'une imparable efficacité comme outil de pouvoir, le fric qu'on distribue par petites tranches minables comme une aumône. Mais les geignardises et les soupirs, ça marche fort bien aussi, et les pauvres doivent en user abondamment, à défaut d'autre chose.

Ça ira, dis ? répète ma fille Catherine comme si elle s'adressait à une sourde ou à une débile. Ou à la malade que je suis, après tout, pas besoin d'aller chercher plus loin. Son expression est soudain dévastée. Elle semble lire sur mon visage des choses terribles, tout un avenir de désolation brusquement révélé. Je voudrais voir ce qu'elle voit, ai-je déjà l'air complètement égarée, est-ce que je ressemble à cette vieille folle d'un tableau que Victoire avait dû analyser pour l'école en rhétorique, l'œuvre d'un peintre français dont j'ai oublié le nom ? Les traits de ma fille se contractent, elle fait un effort pour ne pas pleurer, mais c'est impossible, et les sanglots secouent soudain son corps robuste, les larmes dévalent sur ses joues et cela me fait penser aux cascades d'Écosse quand il pleut, mais à l'envers, car en Écosse l'eau se jette dans les lacs, alors que chez Catherine, l'eau s'échappe des deux lacs de ses yeux. Ils sont splendides, bien plus beaux que les miens dont ils partagent la couleur. Mais la couleur, c'est bien pauvre, les miens sont d'une froideur minérale, givrée, ceux de Catherine sont chaleureux, quand elle le veut bien, et toute la froideur de son attitude, toute la sinistre robotisation de ses sourires, du moindre de ses gestes, acquise en cinquante ans de voyage sur les rails d'une vie ratée, ne parviennent pas à balayer cette intense chaleur. Elle me serre dans ses bras, j'hésite une seconde avant de m'abandonner à l'étreinte. Et je l'enlace à mon tour, Catherine, mon enfant, je suis désolée, pardon à toi aussi pour le mensonge, le grand mensonge organisé auquel ton père et moi avons souscrit volontairement. Je l'ai bien vue, moi, cette vaste farce que l'on nous proposait de jouer, je l'avais identifiée en réalité, et j'ai chassé son spectre de mon esprit, je l'ai enterré profond, et le voilà qui vient me hanter à l'heure de fermer boutique. L'heure des braves.

Vais-je tenir bon ? Aurai-je le courage qui m'a manqué depuis toujours, à tout propos ? Comment est-il possible de devenir celle que l'on n'est pas, de poser un acte fort quand on est faible ? Alors que je me pose la question, Catherine va jeter un œil dans mon frigo pour vérifier qu'il ne me manque rien, elle laisse son regard errer dans le jardin, ses épaules s'affaissent, je voudrais tant la réconforter, mais je ne sais que faire ni que dire, voilà trop longtemps que nous ne communiquons plus que pour la forme. Je ne sais plus les mots ni les gestes ; enfin, il y a eu cette étreinte dans le salon, cette étreinte vraie, ces quelques secondes où nous nous sommes retrouvées, aimées, il y aura eu cela, que rien ni personne ne pourra m'enlever, que cette salope de maladie ne m'arrachera jamais. Je sais clairement pourquoi je désire mourir, en cet instant : afin que rien de ce que j'ai vécu ce jour – ni les beaux yeux las de l'infirmière, ni les tics de John, ni la crème bleue trop sucrée du *cupcake*, ni le contact de la joue de Catherine contre la mienne, ni la tiédeur de ses larmes, ni le sentiment de gâchis, de vacuité, de chagrin – ne sombre dans l'oubli. Je n'ai jamais supporté d'être ivre. Je prétendais que la raison en était que ce n'était pas convenable, surtout pour une femme, c'est ce que je disais à mon mari, aux amis, à mes enfants. En réalité, je n'aimais pas que l'ivresse me prive du contrôle absolu de ma personne. Je ne supportais pas l'idée de ne plus être maîtresse de moi-même ; le lâcher-prise, comme on dit aujourd'hui, me terrorisait. Je suis ainsi faite. Une « *control freak* », dit Victoire, qui me connaît mieux que quiconque. C'est vrai. Une *control freak*, jusque dans la mort.

Catherine est partie, mais le chat est de retour. J'ouvre la fenêtre, entre, félin somptueux, entre donc, daigne franchir le seuil de ma demeure et errer langoureusement sur les tapis d'Orient usés, pose ton corps élégant sur le sofa de velours rose saumon – tiens, encore cette couleur stupide –, pose tes membres lascifs, ton regard à la fois lointain, indifférent et cruel sur les reliques de ma vie arrivée à son terme. Pour qui, dis-moi, ô animal devin, ce lustre, ce bonheur-du-jour, cette horloge ? La marine anglaise, qui n'est vraiment pas si mal, tout compte fait ? Je me rappelle le jour où nous l'avons achetée dans une petite salle des ventes en Hollande, pas signée mais sans doute fin XVIIIe, avait dit le commissaire-priseur. Pas trop chère pour l'effet dégagé par son ciel chargé, sa lumière tourmentée, son allure de tableau de maître. Jean-Luc ne l'aimait pas plus que ça, mais il avait cédé à mon désir de l'acquérir parce que je lui avais dit que ça ferait bien chez nous. Bon, ce n'était pas un portrait d'ancêtre, mais c'était quand même quelque chose. Je voyais déjà la tête de Madeleine Vandenabeele quand elle viendrait dîner à la maison, un de ces prochains soirs, mais c'est nouveau ça, Dom chérie ? C'est pas mal, dis donc ! Elle observerait le tableau de très près, jouant à la connaisseuse qu'elle n'est pas, avec sa mine blasée ; elle finirait par demander d'où venait cette jolie petite chose, et je répondrais négligemment, oh, tu sais, c'est de famille, la mère de Jean-Luc voulait nous faire un cadeau ; ce tableau est chez elle depuis toujours. Et j'aurais gagné ma soirée, j'aurais été récompensée pour tout le mal que je me serais donné à préparer le bœuf bourguignon parfaitement insipide, pour le vrai champagne à cinquante balles la bouteille parce qu'on ne peut pas se permettre de servir du mousseux à Madeleine et son gros juge de mari.

Madeleine et Jacques étaient tous deux issus de très bonnes familles gantoises, ils possédaient des meubles anciens de grande valeur, toute une galerie de portraits d'aïeux, en plus des leurs et de ceux de leurs trois rejetons, peints à l'huile en immense format et disposés là où on ne pouvait pas les rater. Celui de Madeleine ornait le dessus de cheminée du salon ; alors à l'aube de la soixantaine, son visage exprimait une sérénité de bon aloi, ainsi qu'un caractère introspectif et une intelligence aiguisée qu'elle ne possédait pas ; elle était vêtue comme une grande-duchesse Romanov à l'heure du thé, nonchalamment assise ; sa main baguée d'un gros diamant était posée sur le crâne d'un vieil épagneul, Rocco, qui était mort peu de temps après que le peintre eut terminé l'œuvre. J'avais supputé que les longues séances de pose n'étaient pas ce qui soulagerait son cancer galopant. Il ne manquait à Madeleine qu'une tiare pour que ce portrait incarne le plus irrésistible ridicule. C'est ce que je pensais sincèrement, et cependant je ne parvenais pas à m'empêcher d'en être jalouse. L'histoire de ma vie, je vous entends le penser. Vous commencez à me connaître, n'est-ce pas ?

À qui donc la marine de l'école anglaise ? John ? Catherine ? Je m'approche de la toile, mon regard se perd dans les amoncellements mouvementés de nuages que traverse impérieusement une lumière nordique, étrange, d'où l'on pourrait s'attendre à voir surgir la main de Dieu. Le chat est couché sur le rose saumon, son pelage tigré luit sous la lumière tamisée de la lampe sur pied en forme de colonne dorique (ou est-ce ionique ?), cadeau de Noël de Catherine. J'aimerais m'enfuir vers ce ciel peint, m'embarquer sur cette mer houleuse, à bord d'un des voiliers que l'on aperçoit dans les lointains. Nous accosterions à Douvres, non, à Deal, et irions nous réchauffer dans un pub, boire une pinte d'*ale* amère. Je me souviens de Deal parce que, adolescente, j'y ai passé une semaine. Je vivais dans une famille avec une autre Belge, flamande. C'était rare à l'époque d'être envoyée outre-Manche pour apprendre l'anglais, surtout pour une fille. C'est le snobisme de mon père qui m'a bien sûr valu ce séjour linguistique. J'en ai apprécié chaque minute, chaque paysage, les visages dans les rues, la voix de mon hôtesse, rude au premier abord, mais sous cette rudesse se devinait une bonté obstinée, presque brutale. C'est sans doute un des moments les plus heureux de ma vie.

Quand Victoire me demande où j'aimerais vivre si je pouvais choisir n'importe quel endroit au monde, je ne sais jamais que répondre. Mais Mam, tu as beaucoup voyagé, tu devrais savoir ! En effet, et c'est bien là le problème, j'ai beaucoup et bêtement voyagé. Je n'ai pas tenté de me rendre là où j'aurais peut-être pu trouver une vraie joie de vivre, une lumière, des gens auprès de qui je me serais sentie chez moi, ou du moins à ma place. Je n'ai pas essayé de savoir vers quels lieux me portaient mon être profond, mes fantasmes, mes désirs les plus enfouis, les plus secrets. J'ai pris des avions et des trains comme on fait du shopping, comme on va au marché, sans que cela porte vraiment à conséquence. Les prunes ou les poires ? Bof, ça n'a pas vraiment d'importance. Jamais lors d'un voyage je ne me suis dit : tiens, c'est ici que j'aimerais vivre. Jamais je ne me suis assez laissé toucher, sans doute. Le seul endroit où il m'est peut-être arrivé de ressentir une sorte d'intimité, de complicité profonde, c'est dans cette maison à Deal, modeste demeure georgienne à la moquette défraîchie, avec ses copies plastifiées de paysages champêtres, ses fauteuils volantés, et le goût du thé très sucré, la pluie tombant devant les tentures fleuries bon marché, tombant sur la mer là-bas, la mer pour la première fois évocatrice, si familière, une présence amie et fraternelle. Je ne voulais pas rentrer chez moi. J'ai beaucoup pleuré en quittant Maureen, Jack, et Duncan, leur fils de deux ans. On s'est promis de se revoir l'année suivante, mais finalement j'ai préféré des vacances en Italie avec ma copine Simone. C'était bien aussi, l'Italie, j'y suis souvent retournée depuis. Mais jamais en Angleterre. C'est sans doute à cause des souvenirs bénis de ce séjour que j'ai convaincu Jean-Luc d'acheter cette marine. Mais oui, maintenant j'en suis certaine. Mais voyons, vieille carne, tu as simplement besoin d'un peu d'émotion, de sincérité avant le grand saut. Tu dois te consoler de tous les actes posés par stratégie, par calcul, en vertu de désirs médiocres à peine avouables, morbides. Peu importe ! Voilà, Victoire, c'est là que j'aurais aimé vivre, voilà, j'ai trouvé, regarde ce tableau, c'est ce que je voyais, ou peut-être imaginais-je un paysage marin comme celui-là depuis la fenêtre à guillotine de Beach

Street, alors que je sirotais mon thé brûlant, un plaid écossais enroulé autour de mes jambes.

*

J'allume la télévision, et je tombe sur une émission de téléréalité dont le principe consiste à rechercher parmi dix personnes l'époux ou l'épouse idéale d'un candidat ou d'une candidate. Ladite candidate s'appelle Ramona, mais ressemble à Rambo qu'on aurait maquillé comme Lady Gaga. Il – ou elle – dit être attiré·e par les hommes et les femmes, et cependant ne se sentir ni homme ni femme. Il·elle demande à être désigné·e comme *iel*, depuis peu au dictionnaire. *Iel* a mis des années, mais à présent *iel* assume son orientation non binaire, sa nature profondément trans aussi, et enfin (après un petit silence faussement embarrassé) son goût très prononcé pour les lesbiennes à l'allure masculine et les homosexuels hyper-féminins. L'animateur mime l'éblouissement en écarquillant les yeux, il se racle la gorge et dit, en somme, Ramona, ce qui fut longtemps une source de souffrance et de manque de confiance en vous est devenu, aujourd'hui, une grande richesse qui comblera le couple que vous désirez former ? Absolument, répond Ramona avec un sourire trop blanc et des larmes dans ses yeux vides. L'animateur, pas plus que le téléspectateur, n'est certain que Ramona ait bien compris la question.

Mais qui es-tu vraiment, authentiquement ? Le sais-tu, Ramona ? Existes-tu encore un peu, au milieu de tes dents trop blanches et de tous les faux-semblants, les oripeaux que tu t'imposes comme on se brûle la peau avec une cigarette, comme on se lacère au cutter, pour savoir qu'on est vivant, encore un tout petit peu vivant dans ce monde devenu fou ?

Je zappe et me retrouve avec une foule d'individus de sexe féminin qui aboient des slogans en lançant des ordures sur une immense poupée pourvue d'un pénis démesuré ; tout autour du pantin, d'énormes tas de livres jetés pêle-mêle. Quelques femmes munies de torches y mettent le feu. Une journaliste commente, c'est la Journée mondiale des minorités opprimées et elle s'ouvre à Londres par cet autodafé, le premier dans l'histoire du mouvement *#MeToo* en Europe. La journaliste s'approche des bûchers et interpelle une jeune femme aux traits tirés et aux cheveux gras :

– De quels ouvrages s'agit-il ?

– Ce sont les produits de millénaires de littérature phallocrate et misogyne, éructe l'autre avec une espèce de fureur démente.

– Pouvez-vous citer quelques œuvres ? demande la journaliste.

– Ben, c'est-à-dire… Y en a tellement, déjà Shakespeare, déjà lui…

– Ah, et quelle pièce en particulier ?

– Ben, tout.

– Tout Shakespeare ?

– Ouais.

La femme rejoint ses congénères déchaînées et la journaliste se tourne face caméra avec un air perplexe. Derrière elle, les flammes montent dans la grisaille. On vient de mettre le feu à l'homme de chiffon, en commençant par son sexe, et les femmes hurlent de plus belle. J'éteins le poste. Je me souviens avoir lu récemment sur internet que les jeunes universitaires américains refusent à présent d'étudier le grec et le latin parce que ce sont des cultures racistes, phallocrates, colonialistes et misogynes… Le grand effondrement de civilisation que l'on nous prédit est déjà advenu : il est intellectuel, culturel. C'est la connerie qui nous tuera, bien avant la montée des eaux, les maladies et les flux migratoires, les guerres et les famines. L'humanité disparaîtra à cause de son incurable bêtise.

Je prends mon portable posé sur la table basse et je balaye l'écran, je clique sur la galerie de photos, balaye de nouveau ; je n'aime pas faire ce geste, je ne le supportais déjà pas quand je voyais les autres le faire, avant de posséder moi-même l'engin. Il y a quelque chose de malsain et de paradoxal dans ce mouvement de grand camé cependant blasé ; l'objet est une drogue pour la grande majorité d'entre nous. Les gens de mon âge sont sans doute un peu moins dépendants du smartphone, c'est de loin une de nos plus grandes vertus. Quoique… J'ai connu une bonne sœur (dans le couvent où vit Bénédicte) qui avait besoin de la lumière opaline de l'écran de sa tablette pour s'endormir. Il faut dire que le Sacré-Cœur de Jésus était son fond d'écran. Vous voyez ce que c'est, le Sacré-Cœur de Jésus ? C'est un Christ représenté en buste, la main désignant son cœur sanguinolent dans sa poitrine. Généralement, Jésus arbore une mine de martyr d'une dégoûtante mièvrerie, assez proche de celle que je viens d'offrir à Catherine quand elle m'a demandé, ça ira, maman ?

Il y avait une image semblable chez ma grand-mère dans l'Entre-Sambre-et-Meuse. Un vilain tableau sulpicien qui trônait au-dessus du grand lit où je dormais. Ce Sacré-Cœur de Jésus me terrorisait au point que j'en faisais des cauchemars. Je rêvais que Jésus me prenait le poignet et m'attirait à lui, je tentais de résister mais il avait une force herculéenne ; avec un affreux sourire désolé, il écartait lui-même ses côtes et me forçait à toucher son organe palpitant. Je vomissais sur ses pieds nus, et il se fâchait contre moi avec la voix suraiguë d'une vieille tante que je détestais. Ma grand-mère a fini par enlever le tableau, qui est allé accabler les visiteurs depuis le mur du hall d'entrée.

Je fais défiler la liste de mes contacts. Il y a une foule de noms que je ne parviens pas à associer à des visages. Tous ces êtres ont déjà sombré dans l'oubli, et ils n'ont pas attendu Alzheimer, je vous le garantis, ils ont déjà déserté ma mémoire, pfft, comme sous l'effet d'une très infime pression de l'index, *scrollés*, évaporés, disparus à jamais. Ils vivent leur vie pourtant, quelque part dans le monde, pas très loin d'ici pour la plupart, ils respirent, parlent, dorment, marchent, ils ont le sentiment très vif d'exister, ils possèdent la certitude d'une irréfutable présence, leur présence en propre, charnelle mais aussi spirituelle. Leur être spirituel se déploie et veut, éprouve, aime, déteste, croit savoir. Ils se croient tous importants, irremplaçables, nécessaires. On dit que personne n'est irremplaçable, mais à cette maxime personne ne croit vraiment. Alors on se meut, on se pavane, on souffre, on rit, et on prend des décisions avec des airs graves, et puis un beau jour se pointe la mort, et alors on fait semblant de ne pas la voir, on se compose la mine que je prenais pour ne pas devoir affronter les indigènes en voyage, mais la mort n'est pas un pauvre et inoffensif Maya ou un Bochiman en voie de disparition, elle est plus grande, déjà, et puis elle en impose autrement, avec sa cape et sa faux, et sa voix d'outre-tombe ; elle nous hèle, toi, là, oui toi, viens un peu par ici ! Et on prend l'air de rien, on lève haut le menton et on joue à l'homme, à la femme d'affaires affairée, mais la mort est patiente, elle attend son heure, et elle sait que toujours, toujours elle aura raison de nos airs importants.

Notre société ne nous laisse plus beaucoup de marge pour exprimer qui nous sommes vraiment. Plus de guerre, plus de dictateurs sanguinaires pour nous permettre de jouer les héros ou les lâches, les opportunistes ou les généreux, plus de famines, d'épidémies de peste ou de choléra pour nous mettre dos au mur et nous contraindre à faire des choix cornéliens, à risquer nos vies, celles des êtres aimés, à tuer ou sauver pour survivre. Vous vous souvenez des personnages du film *Wall-E* ? Nous sommes devenus ces gros bonshommes et ces grasses bonnes femmes qui ne peuvent plus se lever de leur fauteuil volant, et qui boivent des *smoothies* en regardant des écrans, béats et totalement consentants. Que nous reste-t-il aujourd'hui, en Occident, comme champs d'action, d'expression de notre libre arbitre ? Enfin, de ce que nous prenons pour tel… Nous pourrions disserter longuement sur le libre arbitre, il n'existe pas, ou si peu, c'est mon avis, mais revenons à nos moutons : *quid* d'un monde où règne une pensée unique, dominée par le compromis, la résignation, l'apathie, un monde où ne pas accepter le sacro-saint vaccin est perçu comme un choix suprêmement dissident ? Eh bien, je vais vous le dire : il reste la mort. Dans ce domaine, il y a encore une possibilité de poser un acte libre. On peut ne pas se contenter de l'attendre, on peut refuser la résignation, on peut ne pas devenir l'ombre de soi-même, on peut encore *choisir* !

Le jour où j'ai compris l'étendue, la signification de ce champ des possibles, un puissant éclair de lumière est venu frapper ma vie et m'a ébranlée, m'a submergée comme saint Paul sur le chemin de Damas, et croyez-moi ou non, mes dernières heures me semblent absolument passionnantes, incarnées, d'une extraordinaire, indéniable densité. Je profite de chaque seconde de vie, de chaque pulsation cardiaque dans cette carcasse encore en très honorable état de marche, habitée par un cerveau encore capable d'embrasser les choses essentielles. Je vois ma vie dans sa nudité, sans fard, sans filtre, je vois et j'accepte tout ce que cette vie contient de ratages et de petitesse, ses rares beautés, ses petits succès, ces infimes victoires sur le néant, et je vais vous dire, ce n'est pas grave, rien n'est grave ; il y a une interview de Brel que je n'ai jamais oubliée, où il dit : « Vivre c'est formidable mais ce n'est pas sérieux, la vie est une aventure, c'est presque un jeu, la vie n'est pas grave, il faut fuir la gravité des imbéciles. » C'est la gravité qui a régenté ma vie imbécile, jusqu'à ce lundi, il y a bientôt quarante-huit heures, ce lundi de lumière où j'ai prononcé mes nom et prénoms dans le noir pâle qui précède l'aube. Ce fut une aube radieuse, je le sais à présent.

Je ne me suis pas aperçue que ma main erre dans la fourrure du chat toujours allongé sur le divan, c'est si doux, si insupportablement vrai et chaud ; il ronronne à présent, sa belle tête est tournée vers moi, ses yeux étonnants me fixent et se ferment lentement, et dans cette disparition des prunelles dorées je perçois toute la confiance qu'il me témoigne, il est assez serein pour baisser sa garde de félin, de prédateur encore hanté par le monde sauvage. Je m'en vais à la cuisine ouvrir une boîte de thon, et le voilà qui rapplique à la vitesse grand V ; sa queue en forme de point d'interrogation oscille comme une élégante antenne au-dessus de sa colonne vertébrale. Veux-tu de moi ? je lui demande à voix haute. Il lève la tête et s'interrompt de manger, me regarde intensément. Veux-tu de moi pour quelques heures seulement, mais quelles heures ! Tu seras mon confident, mon compagnon ultime, et je déposerai dans tes prunelles mes dernières lueurs. J'aimerais assez me réincarner en chat. Mais quelle présomption, de nouveau, quelle indécente, si humaine, prétention !

Je ne crois pas à la vie après la mort, mais je suppose que vous l'avez deviné. J'y ai cru, cependant, assez longtemps ; je devais être bien avancée dans la trentaine quand cette superstition m'a quittée. Je me souviens du moment où j'ai pris conscience que c'était fini. Aux funérailles d'un collègue de mon mari, mort d'un très long et douloureux cancer. C'est devant son ignoble cadavre que l'évidence m'a frappée, alors que l'idée sinuait en moi depuis longtemps. Accepter le néant de la mort, c'est un peu comme lorsqu'on découvre que le père Noël n'existe pas : parfois c'est un choc affreux, parfois une intuition qui se confirme avec le temps. Ma mère me disait que, déjà très petite, je savais, il lui semblait que j'avais toujours fait un effort pour ne pas laisser entendre que j'avais compris l'imposture. Mais je me souviens du Noël de mes six ans, c'est ce jour-là que la vague impression s'est muée en certitude absolue. Vous expliquer pourquoi, je ne pourrais pas. Je revois le regard de ma sœur Marie-Paule, qui avait déjà quinze ans et savait depuis longtemps, alors que nous entonnions *Petit Papa Noël* en guise de merci, toutes les quatre alignées devant la petite cheminée factice, en robe de nuit et peignoir. Je faisais des allers-retours entre les yeux tristes de ma sœur et l'âtre qui n'avait jamais accueilli aucune flamme parce que ma mère détestait la poussière et craignait l'incendie. Ce que je pressentais depuis toujours venait de se confirmer. J'en ai fait part le jour même à Marie-Paule, mais j'ai continué pendant des années à faire semblant d'y croire, sous l'œil perplexe de ma mère, à qui je voulais plus que tout continuer de cacher que je n'étais plus dupe. Elle semblait si heureuse, le matin de la Saint-Nicolas et celui de Noël, devant nos visages éblouis, si parfaitement heureuse que la détromper était pour moi, du haut de mes six ans, synonyme d'une impardonnable trahison.

Devant le visage bien mal ravalé par les entrepreneurs de pompes funèbres du collègue de mon mari dont j'ai oublié le nom, il s'est passé la même chose que ce matin de décembre devant la petite cheminée, j'ai accepté ce que je savais depuis toujours : toutes ces histoires de paradis, d'enfer, de vie éternelle sont des balivernes. Cette chair froide devant moi, que l'on n'avait pas réussi à dépouiller des stigmates de la souffrance la plus intolérable, cette chair avait transmis à la mienne qui l'observait la certitude qu'une fois que la vie s'en est allée, plus rien n'existe et n'existera plus. De même que lorsque j'avais six ans, j'avais fait de mon mieux pour cacher à ma famille, à mes proches ma nouvelle et inébranlable conviction. Encore aujourd'hui, il n'y a que Victoire qui connaît mon avis sur le sujet. Je suis la plus indécrottable hypocrite, voyez-vous, car je continue d'aller à la messe, de temps à autre, une dizaine de fois l'an ; tenez, je me suis même confessée il y a deux mois. Je suis entrée dans le confessionnal, par nostalgie je crois, pour retrouver cette atmosphère si particulière, cette grande pénombre à la fois glaciale et propice à la confidence. Pour renouer avec ce sentiment affreux et exquis que j'avais tant aimé et redouté étant gosse, cette excitation masochiste, faite de honte et de terreur, de dégoûtante humilité, mais aussi d'une espèce de fierté malsaine à la perspective de choquer l'homme de Dieu, si proche que vous pouvez sentir les relents d'ail de son repas du midi.

Je suis donc entrée, aussitôt submergée par un viscéral besoin de fuir ; mais il était trop tard : un dévot raclement de gorge de l'homme d'Église m'a clouée sur place, dans un réflexe pavlovien. Je restai muette de très longues secondes, puis subitement, je me lançai dans une virulente logorrhée : l'homme est pourri jusqu'à la moelle pour les siècles des siècles, et moi j'en suis la plus lamentable incarnation, la preuve irréfutable de ce que j'avance, aucun Dieu n'y peut et n'y pourra jamais rien, je ne suis qu'une méchante vieille bougresse qui imagine sa sœur impotente se faire troncher par un aumônier, une femme qui continue à désherber ses parterres au Roundup, qui bouffe deux cents grammes de bœuf à peine cuit au moins deux fois par semaine, une femme qui, pour avoir la paix, encourageait son mari à aller chasser chaque hiver dans les forêts polonaises. Mais surtout, surtout, mon Père, je suis cette femme qui a tourné le dos à la vérité, à la vie, à la joie, au courage, qui a menti, menti, menti et encore menti à ceux qui lui étaient chers, à elle-même, et n'est-ce pas là le plus grand péché ? J'écoutais sa respiration haletante, je devinais la panique qui le tenait prisonnier, le pauvre jeune curé noir (car c'était un Africain, vous l'avais-je dit ? Il n'y a plus guère qu'eux qui assurent l'avenir du métier). J'attendais avidement, dévorée de curiosité et d'un sentiment qui s'apparentait à de l'espoir, je ne pouvais pas m'en tirer comme ça. Il faudrait bien qu'il me parle, ce prêtre inconnu, qu'il me parle vraiment, qu'il s'engage dans une conversation. Au bout d'un temps qui me parut infini, il murmura enfin, vous direz dix *Pater* et cinq *Ave*. Allez dans la paix du Christ. Je suis partie d'un grand rire hystérique et suis sortie rapidement, riant toujours, à la barbe de deux vieilles effarées qui attendaient sans doute leur tour de manège avec le père Fouettard mollasson planqué derrière le velours mauve.

Je regrette de n'avoir pas déjà connu la fin de mon histoire, je l'aurais achevé, ce prêtre, avec mon suicide programmé. Peut-être cela l'aurait-il inspiré ? Oh oui, je vous entends, je sais ce que vous vous dites, mais enfin, Dominique Biron, vous n'avez pas envie d'y penser encore un peu, d'y réfléchir ? Et si vous êtes véritablement résolue, ne devriez-vous pas voir des gens, faire la paix avec l'humanité ? N'avez-vous pas besoin de passer vos derniers moments avec un autre être humain, pour un ultime instant de communion ? Communion, comme vous y allez ! Qu'est-ce qui vous fait croire que ce moment partagé avec un semblable aurait cette rare qualité ? L'histoire de ma vie ne vous a pas éclairé à ce propos ? Bon, bien sûr, je sais à qui vous pensez. Mais je ne veux pas inquiéter Victoire en la rappelant alors qu'elle vient à peine de me quitter. Nos dernières heures ensemble ont été parfaites. Cela doit suffire. Mais bon sang, Dominique Biron, ne voulez-vous pas envisager sa souffrance, le sentiment de culpabilité, d'inépuisable regret qui la dévorera pendant des années peut-être ? Cela n'arrivera pas. Parce que Victoire est sans doute la seule personne capable de comprendre mon acte. Je sais qu'elle l'acceptera pleinement, je peux même dire qu'elle sera soulagée. Peut-être même fière de moi, allez savoir. Je lui ai laissé une lettre, dans une ancienne boîte à couture où traînent d'antiques rubans et d'innombrables boutons qui me viennent de ma mère. Victoire adorait farfouiller dans cette boîte quand elle était petite, elle triait les objets inlassablement, les observait comme s'il s'agissait de pierres précieuses. Cette boîte lui revient, elle y trouvera la lettre. Je suis déjà en paix avec elle, et depuis bien longtemps. Jamais je n'ai été autant en paix avec personne.

Cela dit, je n'ai pas vraiment prévu de quelle manière je vais habiter cette tranche de temps entre maintenant et demain 20 heures. Quelle heure est-il, au fait ? 18 h 42. Il me reste donc approximativement vingt-quatre heures et quarante minutes à meubler. J'y réfléchis, savez-vous, je cogite, tout en passant ma main dans la toison tigrée, ronronnante et chaude qui a un étrange et immense pouvoir d'apaisement sur moi. La présence de ce chat me permet de penser calmement, de voir clair. Quelque chose va s'imposer, peut-être, dans la tiédeur de cette ultime soirée, en compagnie de mon ami félin.

Avant toute chose, un petit verre ! Pas de ce truc que je cache dans l'armoire à chaussures, c'est dégueulasse et puis je n'ai pas envie de renouer avec les défunts pieds de Jean-Luc. Non, je m'en vais priver Gaétan d'une de mes bonnes bouteilles de vin. Tenez, à ce propos, vous ai-je dit que l'héritage est réglé, enfin dans les grandes lignes ? J'ai déposé un testament chez le notaire quelques jours après avoir appris la nouvelle de ma maladie du cerveau. Personne n'est au courant, vous pensez bien. Je crois avoir fait les choses avec une grande considération pour les sensibilités de chacun, à défaut d'avoir été équitable. Victoire et son père Denis sont les mieux dotés, et c'est bien naturel, Denis gagne mal sa vie et Victoire est de loin ma préférée parmi mes petits-enfants. Je les ai mis à l'abri du besoin. Ce que je n'ai pas légué aux autres, j'en ai fait don à deux associations : l'une s'occupe d'éléphants rescapés de cirques dans le Limousin ; j'avais vu une émission sur ce sanctuaire, et une femelle de cinquante-trois ans nommée Gandhi m'avait émue aux larmes. Je revois souvent sa démarche ondulante et ample comme la mer, et je rêve parfois d'elle. Vieille éléphante, sœur vénérable, tellement noble et élégante. L'autre association que j'ai dotée est proche de chez moi : Animaux en Péril est un refuge où Dorothée a été bénévole pendant trois ans. Voilà que je voudrais soutenir toutes les associations d'aide aux animaux de la terre, je voudrais être riche comme Bill Gates ou Elon Musk et leur faire don de tout ce que je possède. J'aurais été capable de déshériter John et Catherine au profit des animaux en danger, si j'avais eu un peu de courage.

En parcourant dernièrement le site de l'association en question, je suis restée en arrêt devant la photo d'un étalon de trait reproducteur, dévoré d'abcès et abandonné dans un champ quelque part en Wallonie ; la bête ne parvenait plus à accéder à sa bassine d'eau, ne pouvait plus uriner, ses sabots étaient dans un état innommable. Quand les secours ont convoqué le propriétaire du cheval, le président de l'Association wallonne du cheval de trait en personne, ce dernier a demandé s'il pouvait encore obtenir une saillie, et s'il toucherait la prime d'assurance de sept mille cinq cents euros en cas d'euthanasie. Je vous laisse quelques secondes pour digérer ces informations, vous représenter le tableau… Vous y êtes ? Vous voyez cette splendide bête aux sabots difformes, au corps parsemé de plaies infestées, lisait-on, d'asticots, vous imaginez ce merveilleux concentré de force et d'intelligence, de bonté, de beauté, incapable de plier ses antérieurs pour se coucher ? Vous le voyez arriver, son salaud d'humain, qui nie et finit par brailler pour qu'on lui permette de se faire un peu de thune avec le sperme du cheval à l'agonie ?

Je sais aujourd'hui, à quatre-vingt-un ans, que moi, Dominique Biron, je serais capable d'infliger les plus grandes souffrances physiques à un être humain, sans ciller, jusqu'à le regarder mourir. C'est une certitude dont je ne sais trop que faire... Je suis bien trop âgée pour enlever ce type, l'enfermer dans ma cave et l'empêcher de s'enfuir. Par contre, je suis encore assez en forme pour lui découper quelques morceaux de peau avec un rasoir, lui arracher les paupières, le brûler avec une cigarette et contempler son agonie durant des jours. Je pourrais payer quelqu'un pour me l'amener, me direz-vous. Oui, c'est une idée, mais comment une vieille bourge comme moi dégotte-t-elle un type ou une bonne femme doués pour ce genre de tâche? C'est dans ces cas-là qu'on regrette de ne pas avoir un ou deux copains dans la mafia russe... Enfin, il aurait fallu que je m'y prenne à temps. On ne prépare pas un enlèvement comme on va à Disneyland... Non, c'est fichu. Sauf si je reporte mon suicide. Ça vaudrait le coup de vivre encore un peu pour venger le cheval martyr. Et quel panache! Oui, je compte me suicider, mais j'ai préféré m'occuper d'abord de cette ordure d'homme.

Me voici dans les profondeurs de ma modeste villa. Ma cave est un lieu agréable, si je parviens à cesser d'y voir le bourreau du cheval, ligoté et en sang. Oui, vraiment agréable. La température y est constante, il y règne une bonne odeur de fruits, comme si on y avait laissé reposer des pommes sur des claies chaque hiver, alors que cela n'a jamais été le cas. Lorsque j'avais besoin de solitude et de réflexion, j'y descendais souvent du temps où Jean-Luc était en vie. Quand les enfants étaient petits, j'allais y fumer en cachette. Mon cœur se calmait dès que je m'asseyais sur la vieille chaise d'église et que je contemplais par le soupirail les lueurs blafardes jetées par le réverbère sur le trottoir. C'est sur cette chaise que je me tiens en ce moment, mais je n'ai pas de cigarettes ; je n'en ai plus fumé depuis vingt ans. Je donnerais cher pour m'en griller une ! Je me lève et me décide à aller en demander à M. Jaumin. Il en allume une chaque soir en sortant promener son chien. Je dis au chat que je n'en ai pas pour longtemps et je m'en vais demander la charité au voisin.

De retour sur mon prie-Dieu et la clope déjà au bec, je m'ouvre une bouteille de mercurey et m'en verse un grand verre. J'aime le goût de pierre de ce vin. Il y a encore un vieux briquet caché derrière la brique disjointe. Clic, la flamme jaillit du briquet, grrrr, le bruit du papier qui se consume, la première bouffée… Ahhhh, c'est vraiment bon, j'avais un peu oublié. Inutile de vous décrire l'effarement de Jaumin et de sa femme. C'était un peu comme si je leur avais demandé du matériel pour fabriquer une bombe. Il a été généreux, cependant, et me voilà nantie d'un demi-paquet de Camel Lights. De quoi passer une agréable soirée et une tout aussi bonne dernière journée. Les cigarettes du condamné. J'ai arrêté officiellement de fumer en 1982. Je ne sais pas vraiment pourquoi. Rien à voir avec le risque de cancer, je n'ai jamais véritablement craint cette maladie, pure intuition, je savais que ce ne serait pas elle qui me tuerait. Non, c'était plutôt parce qu'au-delà d'un certain âge, une femme qui fume n'est plus de bon goût, disait-on autour de moi. Le chat se frotte à mes jambes. On n'est pas bien, là ?

J'en fume encore une, me ressers un second verre que je sirote tranquillement sous l'antique ampoule à filament qui pend, nue et chaude, du plafond. J'aime sa lumière et j'éprouve une très grande fierté de posséder pareille relique. Elle éclaire la cave depuis exactement vingt-huit ans. Un soir pas si lointain que j'avais Madeleine et Jacques à dîner, je les ai emmenés ici, et leur ai présenté l'ampoule comme s'il s'agissait d'un Van Gogh. Ils me regardaient, muets de stupéfaction, d'inquiétude sur ma santé mentale sans doute aussi.

J'éteins la lumière au moment où les jambes de M. Jaumin et les pattes de son teckel passent devant mes yeux. Déjà 20 heures ? Comme le temps file... J'éprouve une étrange sensation : celle de détenir enfin le moyen de le contrôler. Je peux arrêter le temps, pour moi et moi seule ; c'est dérisoire, me dites-vous ? Mais pardon, c'est énorme, c'est une victoire, si vous voulez mon avis. Nous remontons, le chat et moi. Je grignote un morceau de pain et les restes de la farce des vol-au-vent, lui donne encore un peu de thon, et au dodo. Le chat m'accompagne à l'étage et se couche sur mon lit en ronronnant comme une forge. Je dormirai d'une traite, cette nuit, du sommeil du juste, la main posée sur le pelage de mon compère. Dans ma torpeur bienheureuse, je vois les grandes oreilles de Gandhi battre l'air comme des voiles au vent. Et le sourire de Dorothée, comme un étendard de soleil.

# MERCREDI

Réveillée d'un cauchemar à 4 h 07. Mon cœur bat la chamade, je sue, je vois trouble. Le chat a disparu, laissant contre ma cuisse la forme de son corps dans l'édredon de plumes. Vous ai-je déjà dit que mon père a dénoncé des Juifs pendant la guerre? Non? Un couple avec une fillette, ils vivaient dans un appartement juste en face de celui de mes parents, cachés derrière une cloison. Je l'ai su plus tard par ma sœur Marie-Paule. Elle s'était une fois occupée de l'enfant en l'absence de la mère, juste avant la guerre. Une petite fille qui s'appelait Olga. Eh bien j'ai rêvé d'Olga, que je n'ai pas connue, ou dont je ne me souviens pas car j'étais trop jeune. Olga bien vivante, un peu plus vieille que moi, habitait à Tel-Aviv, et avait des tonnes d'enfants et de petits-enfants. Mais ce n'était donc pas un cauchemar, pensez-vous. Si, car ce n'était pas la réalité qui se déroulait dans mon rêve, mais bien ce qu'aurait été la réalité si Olga avait vécu. Je savais, intimement, certainement, qu'elle était morte en déportation, et pourtant je devais assister à son avenir comme si elle en avait eu un.

Alors que mes pulsations cardiaques s'espacent lentement, je reste dans le noir, terrassée par une infinie tristesse. Nos sociétés modernes ne prennent plus garde aux messages des rêves. Dorothée y était très attentive. Ma sœur Marie-Paule aussi. Elle me manque atrocement. C'est ma sœur préférée, vous l'aurez compris. La plus éloignée de moi en âge, en tout, mais la plus chère à mon cœur. Vous ai-je dit que Marie-Paule était morte ? Peu importe. Je donnerais beaucoup pour la tenir dans mes bras (moi qui n'ai jamais été très tactile, j'aimais le contact physique, l'odeur, la texture de la peau de ma grande sœur). Sur un coup de tête, nous prenions parfois la voiture et roulions jusqu'à la côte, allions manger des moules-frites à Ostende et marcher sur la digue. C'est la seule personne avec qui j'étais capable de faire quelque chose d'imprévu et de soudain.

J'aimerais que le chat soit encore là. Je descends l'escalier, m'arrête après deux ou trois marches, l'appelle, en vain. Un vent glacé s'engouffre depuis la cuisine et me chasse dans mon lit. La fenêtre doit être restée ouverte. Voilà bien une chose qui m'aurait terrifiée rétrospectivement il n'y a pas si longtemps. Jean-Luc était encore plus paniqué que moi à la perspective d'être cambriolé. À peine couché le soir, il redescendait jusqu'à trois fois pour vérifier que toutes les portes étaient fermées, que l'alarme était activée. Pauvres ploucs que nous étions, qui tremblions du matin au soir et du soir au matin ; peur d'être en retard, en avance, des embouteillages, du qu'en-dira-t-on, peur que la télé, la voiture, la tondeuse, la friteuse, l'alarme tombent en panne, peur d'être agressés dans la rue, de la neige, des feuilles mortes sur les routes, des contraventions, de se faire arnaquer en vacances, peur des jeunes, des vendeurs ambulants, de l'incendie, des enfants qui tombent dans l'escalier, un petit peu de la maladie, quand même, mais on croyait que si on n'y pensait pas, elle passerait son chemin et irait s'abattre sur d'autres braves gens. La peur a régenté ma vie, comme elle régente sans doute la vôtre. Quelle présomption, Dominique Biron ! Contentez-vous de faire votre procès, ce sera déjà amplement suffisant, vous avez du pain sur la planche. Nous, nous sommes vos témoins, vos confidents anonymes et silencieux. Non, pas vos juges, nous ne jugeons personne, aujourd'hui plus personne ne juge personne. Nous ne jugeons pas mais nous condamnons. Sans recours possible. Voici comment ça se passe : nous vous reluquons comme par un trou de serrure, et quand vous vous mettez à nu et commencez à nous ressembler un peu trop, alors nous prenons du recul, vous devenez floue, indéfinie, lointaine, et nous nous désolidarisons radicalement de vous, vous vous mettez même à nous déplaire, presque à nous répugner, mais nous adorons ça, avoir une bonne vieille tête de Turc à détester. Ne tentez pas de jouer copain-copain avec nous, de nous culpabiliser. Ça ne marche pas.

Chut, la ferme ! Bien sûr que ça marche. Où en étais-je ? Ah oui, la peur. Dorothée me méprisait pour ça. Avec raison, et je le savais déjà alors, en mon for intérieur. Je faisais taire brutalement cette petite voix qui tentait de s'élever du fond de mon être pour protester en chœur avec celle de ma fille, je la rabrouais, lui fermais la porte au nez comme à une mendiante. Tenez, à ce propos, je n'ai jamais donné un kopeck à un vagabond, au moindre traîne-misère. J'ai parfois été touchée par un regard sous un bonnet miteux, par un geste émergeant d'une couverture, mais quelque chose en moi m'empêchait de mettre la main à mon sac, d'en sortir quelques pièces et de les jeter dans la casquette ou sur le sac plastique étalé sur le bitume. Parfois, je faisais mine de prendre mon porte-monnaie, je voyais la main sale se tendre, le regard s'allumer, et puis je baissais le bras et continuais mon chemin. Sadisme ? Non, je ne pense pas, et vous ne pouvez pas me taxer d'autocomplaisance, j'en suis dépourvue, je l'ai prouvé. Non, c'était quelque chose de pire peut-être, car plus complexe, plus sournois, c'était une impulsion qui me prenait par surprise, faite de haine et de honte, pour eux les déshérités impudiques, mais aussi et peut-être surtout pour moi, la passante anonyme une seconde déchirée, mais au fond viscéralement, irréductiblement indifférente à leur sort. Ah, mais attendez… Une seule fois, voilà bien vingt ans, j'ai déposé un billet de cinq euros dans un bol en plastique posé devant un corps racrapoté qui semblait mort. Je me relevais lorsque le corps s'est redressé ; l'homme m'a lancé un regard que je n'oublierai jamais. Il m'a dit merci et m'a demandé mon prénom. J'étais tétanisée, mon cœur battait dans mes tempes et mes omoplates se sont couvertes de sueur froide. Bérénice, m'entendis-je répondre d'une voix fluette et voilée que je ne me connaissais pas. Merci, Bérénice, dit l'homme avec une très grande douceur. Il devait avoir une bonne soixantaine d'années, ses yeux clairs souriaient dans son visage ravagé par une vie que je ne pouvais même pas imaginer. Il me sembla que c'était lui qui me donnait quelque chose, et non l'inverse. Quelques mois plus tard, il me héla, alors que je traversais la rue. Bérénice ! Je ne réagis pas tout de suite à ce prénom, mais je reconnus la voix, me retournai, puis tout me revint en mémoire. Je me dirigeais vers lui gaiement quand j'aperçus une femme de ma connaissance qui venait vers moi. L'homme levait la main en guise de salut mais je le dépassai sans le regarder. Je ne voulais pas que la femme, une commerçante du quartier, me voie en compagnie du clochard.

Je ne me suis jamais beaucoup aimée… Heureusement. Ce serait d'un mauvais goût. Je me suis pardonné longtemps un tas de choses, de manquements. Je me suis aveuglée, mais sans aucun narcissisme. Peut-être est-ce encore là une parade, une manière de m'absoudre. L'humain n'est-il pas incroyable ?

C'est pas tout ça, mais faut bouger. 4 h 32, l'heure de se mettre en mouvement. Pour quoi faire ? Mais rien, pardi, absolument rien qui vaille la peine, comme chaque jour, ou presque. Se lever, uriner, se rincer le visage, se laver le corps ? Pas aujourd'hui, je l'ai fait hier. Ou avant-hier ? Bah, ça ira toujours bien comme ça. Pour ce qui m'attend… Vous êtes inquiets, hein ? Elle a quand même pas oublié, la vieille ? Mince, nous qu'on était restés pour ça… V'là que son vieux cerveau a zappé, sûrement. Elle le fera pas. Ou alors elle craquera au dernier moment, tu verras. Bon, on va vous laisser, alors, Dominique, il est tard, des choses à faire… Mais non, bande de nigauds, je n'ai pas oublié ! Je vous ai bien eus ! Est-ce qu'il vaut mieux être propre quand on compte mettre fin à ses jours ? Oui, sans doute. Je me décide donc à entrer dans la douche, la grande, la luxueuse douche à l'italienne installée voilà à peine deux ans, sur les conseils de Catherine. Mais si, maman, c'est beaucoup moins dangereux que de grimper dans la baignoire, enfin ! Va pour la douche, je ne sais jamais quoi faire de mes sous, de toute façon. Je n'ai jamais été attirée par le luxe ; une montre ou un foulard Hermès, un parfum de niche, très peu pour moi. Je suis radine, voyez-vous.

Je me regarde d'abord un instant dans le miroir, complètement nue. C'est bien moi, cet amas disgracieux de chair flasque et fripée, ces seins qui caressent les plis du ventre autour de cette profonde ride qui doit cacher un nombril ? Je n'ai plus de poils pubiens, ou si peu, blancs, secs et hirsutes. L'étendue de peau qui m'enveloppe est devenue beaucoup trop vaste. Je me tourne un peu, bien mal m'en a pris : mon cul est quasi inexistant à force de s'être tassé. Où est passée cette chair fessière qui me procurait autrefois une certaine fierté ? Elle a dû aller se loger dans les plis autour de mes hanches. Oui, c'est ça qui se passe avec l'âge, mais personne ne vous prévient ; personne ne vous met en garde, tu sais, un jour le contenu de tes fesses ira s'installer dans tes hanches, ne t'étonne pas, c'est ainsi. J'avais un beau cul, je le sais. Pas seulement parce que Jean-Luc tombait parfois en pâmoison devant lui, quand il pensait que je ne le voyais pas. Mais parce que des hommes l'admiraient ; dans la rue, au magasin, je sentais leur regard glisser sur le bas de mes reins ; quand j'étais encore jeune, je me faisais siffler et cela me plaisait. Et vous savez quoi ? Je donnerais un œil, peut-être même une main, pour sentir encore une fois, une seule et unique fois, le désir allumer sauvagement le regard d'un inconnu à la vue de ma silhouette. Aujourd'hui, les hommes n'osent plus siffler les jeunes femmes. Ils risqueraient de se faire émasculer en place publique pour bien moins que ça. Un regard de travers, ou interprété comme tel, suivi d'un clic et c'est fini pour eux. Ils ont commis un acte aujourd'hui assimilé à un viol. Moi, je crois que les femmes doivent bien s'emmerder depuis qu'on ne les drague plus. À l'appel à la haine succèdent la peur et le silence, et bien vite le plus profond, le plus mortel ennui. Je peux me permettre de dire ce que je pense du néo-féminisme, même si cela compte pour des prunes, car ne suis-je pas l'incarnation de l'immémoriale victime de nos sociétés phallocrates ? Pauvres hommes. Si j'étais encore croyante, je prierais pour eux, intensément, désespérément, et pour toutes les femmes de par le monde, les femmes esclaves, violées, excisées, mutilées, qui souffrent dans le silence et l'oubli.

Douchée, parfumée, maquillée, coiffée, me voilà prête pour ma dernière journée dans ce monde. Très honnêtement, je n'ai guère de regrets de le quitter. Cet endroit de l'univers est devenu un cloaque. On nous annonce l'extinction de l'espèce humaine si nous continuons à vivre comme des porcs. Mais nous continuerons à vivre comme des porcs, et donc elle adviendra. Nous allons disparaître, et laisser enfin en paix le reste du vivant, qui s'est fort bien passé de nous pendant des milliards d'années. J'ai eu une discussion avec Victoire à ce propos. Elle est d'une terrifiante lucidité, et garde pourtant sa joie de vivre et une certaine insouciance. Elle dit ne pas se projeter, vivre au jour le jour. Elle dit s'en foutre que l'humanité cesse d'exister, après tout il y a l'univers et le mouvement perpétuel des astres et des étoiles, la vie qui pulse partout sur Terre et qui continuera à pulser de plus belle dans le grand silence après que nos voix se seront tues, elle dit, j'aime cette image, cette idée, je m'endors parfois en y pensant, elle dit, citant Woody Allen : « Non seulement Dieu n'existe pas, mais allez trouver un plombier à New York le dimanche. » Et ainsi va sa vie, dans l'ironie permanente et la joie, parfois mauvaise, désenchantée, coléreuse, brutale, d'être au monde.

Elle a décidé de faire un grand voyage dans les îles britanniques, de découvrir les paysages et les gens aimés de sa mère, qui a vécu en Angleterre et en Écosse et connaissait bien l'Irlande. Elle partira avec Mathias, et roulez jeunesse ! Il faut que je lui dise d'aller à Deal, ce ne sera pas un grand détour puisqu'elle prendra le bateau pour Douvres.

La rue est baignée de lueurs mornes, les réverbères clignotent tristement, comme si leurs ampoules étaient prêtes à rendre l'âme. On dirait des vieillards chancelant au bord de la tombe. On dirait moi. Une aube sinistre s'empare du bitume, des villas mortes et des arbres squelettiques, et les unit dans un tableau comateux non dénué de charme. Un tableau très belge. Je me prépare une tartine de confiture de groseilles, et le goût me ramène violemment en enfance, quand je plongeais l'index dans la marmite fumante de ma grand-mère. Tout en grignotant, je me déplace dans ma maison que je ne reconnais pas tout à fait. Certains objets ont disparu, laissant l'invisible mais très perceptible trace de leur absence sur les meubles, aux murs. Où sont-ils donc ? Évanouis la cruche ramenée du Mexique, le masque vénitien en pleurs, la poupée japonaise… Peut-être me suis-je fait cambrioler cette nuit, et le voleur aura eu le mauvais goût mais l'excellente idée de n'emporter que ces choses insipides et sans valeur ? Il aura méprisé la grande télévision à deux mille balles, les enceintes B&O offertes par John pour Noël et qui n'ont presque jamais servi, toujours parfaitement à leur place. Ce ne serait même pas une effraction, puisque la fenêtre était grande ouverte toute la nuit. Je me rends dans le bureau, le saint des saints du vivant de Jean-Luc, son antre inviolable, dans lequel même la femme de ménage ne pouvait pénétrer sous peine de renvoi. Je n'exagère pas : il le lui avait signifié lui-même, c'était effrayant, on aurait dit qu'il y cachait des membres humains dans des bocaux. Son ton éveilla ma curiosité, et un jour qu'il était parti chasser en Pologne, je fouillai la pièce de fond en comble, le cœur battant, à la fois remplie d'appréhension et excitée à la perspective de découvrir quelque chose de terrible, d'inavouable. Mais il n'y avait pourtant rien, absolument rien là qui fût de nature à justifier son comportement. Je gardai cela pour moi, et continuai à voir frémir la pauvre femme de ménage chaque fois qu'elle croisait la Barbe bleue de pacotille. Comment s'appelait-elle déjà ? Kadija ? Radija ? Mince, elle est pourtant restée chez nous six ou sept ans… Cela me fait penser que je ne dois pas oublier de laisser un mot à Souad. Elle doit venir demain matin. Je ne voudrais pas qu'elle ait une crise cardiaque en découvrant mon cadavre.

Dans le bureau, rien n'a bougé depuis le décès de mon mari. Je n'y ai plus mis les pieds depuis au moins deux ans, même si c'est là que se trouve le coffre-fort. Encastré dans le mur derrière la grande table à bronzes dorés, assez mauvaise copie d'un meuble Louis XIV d'après Dorothée, l'objet est toujours bien fermé. Je retrouve le code sans difficulté, la date de naissance de Victoire, j'ouvre la petite porte épaisse. Deux boîtes apparaissent, qui contiennent mes bijoux et la montre en or du grand-père de Jean-Luc. Je n'ai pas envie de voir luire l'or et les perles, alors je me concentre et je me souviens : le rang de perles de ma mère, de culture et assez médiocres, l'incontournable rang de perles que porte toute bourgeoise qui se respecte, de cette longueur intermédiaire et parfaitement bâtarde, du plus triste effet sur un pull ras du cou bleu ciel ou dans l'échancrure modeste d'un chemisier blanc, de préférence assorti du serre-tête en velours et du rouge à lèvres saumoné ; ma bague de fiançailles (une émeraude entourée de brillants qui avait coûté une fortune à Jean-Luc ; il avait fini par hurler le prix un jour de querelle et me le resservait régulièrement depuis), deux chaînes épaisses en or, un bracelet d'or blanc rigide orné d'une opale, une gourmette à laquelle pend une grosse pièce de monnaie frappée d'une splendide tête d'Amérindien de profil, portant une coiffe de plumes. La seule folie que je me sois jamais offerte, achetée au Mont-de-Piété à un prix très raisonnable compte tenu de la quantité d'or, vingt-quatre carats. Bon…

Il en manque, voyons… Ah, oui, comment les oublier ? La paire de dormeuses du XIXe siècle en argent incrustées de perles de jais, qui ont appartenu à ma grand-mère maternelle et à sa mère avant elle. J'ouvre une des deux boîtes, et je les trouve sous les chaînes en or. Elles m'attendaient, les dormeuses, humbles et délicates sur le velours bleu nuit de la boîte à bijoux. Je les porterai ce soir.

Je m'empare des boucles, de la gourmette à la tête d'Indien, et je referme le coffre. Une vilaine odeur me monte aux narines. C'est celle de la fumée froide des médiocres cigares que Jean-Luc s'était mis à fumer au moment de sa retraite, pour se donner une contenance et tromper l'ennui. Peut-être aussi pour imiter son ami le juge Vandenabeele qui fumait comme un Turc (je crois qu'il voulait se donner des airs de Winston Churchill). C'est fou, cette odeur infecte qui persiste après tant d'années… Je déteste, j'ai toujours détesté cette pièce, me reviennent en mémoire toutes les fois où Jean-Luc s'y enfermait en boudant pour y fumer ses horreurs de sous-havanes bon marché, y prenait même ses repas, y accueillait ses collègues, ses amis, enfin, ceux qu'il prenait pour tels. Les amis, ça se mérite, ça s'entretient, ça demande un minimum de générosité désintéressée. Vous me direz, je n'en ai pas non plus : aucune amie, encore moins d'amis. D'ailleurs, de mon jeune temps, une femme de bonne éducation n'avait pas d'ami homme. Voilà qui règle en partie la question. Je me suis dit pendant longtemps que c'était commode. N'être redevable de rien, à personne d'autre qu'aux membres de votre famille. La quintessence de l'indépendance, répétais-je à Dorothée lorsqu'elle me posait des questions à ce propos. Pauvre conne que j'étais!

Avant de m'en aller, j'ouvre un tiroir du bureau, au hasard. Une pile de photographies se révèle : ce sont toutes celles que nous avons envoyées à nos connaissances et à nos parents à l'occasion des fêtes de fin d'année. Vous savez, ces tableaux où l'on pose en famille devant la cheminée ou le sapin illuminé, ou bien en avant-plan d'un beau paysage ou d'un site touristique à l'étranger; il y a papa, maman et les enfants, tout sourire, se tenant par l'épaule ou le bras, une manière de dire : vous voyez comme nous sommes heureux, prospères, quel bel intérieur cosy nous possédons, quels splendides voyages nous entreprenons, quelle famille parfaite nous formons, quelle harmonie nous offrons au monde, à vous tous qui nous contemplez, ébaudis, un peu envieux aussi, du moins espérons-le, un peu crispés devant toute cette débauche de bonheur, de réussite sociale, de respectabilité. Tout le monde, parmi nos « amis », n'adoptait pas la sacro-sainte tradition de la photo familiale de fin d'année, tant s'en faut. À l'époque beaucoup plus qu'aujourd'hui, c'était un peu téméraire, car ce rituel était propre à la noblesse, à la rigueur à la grande bourgeoisie. Mais Jean-Luc tenait à s'arroger ce privilège illégitime. Il espérait que cette habitude, même usurpée, aurait un effet performatif, et ferait advenir une de ses ambitions les plus chères : que l'un de ses enfants épouse une personne de sang bleu. Il avait fait d'infinies recherches pour se dégotter un petit titre de noblesse dans un lointain passé, mais tout ce qui avait affleuré était un vague patronyme : dans le fin fond des polders, à la fin du XVIIIe siècle, un petit marais aurait peut-être donné son nom à un minable moulin tout à côté, nom qui aurait désigné les habitants de ce moulin, ancêtres de Jean-Luc. *Biesebrook* signifiant, en flamand, « marais de joncs ». Je me souviens avoir osé rire, Jean-Luc s'était fâché et avait interdit que l'on fasse une quelconque allusion à ses recherches et à cette découverte, devant qui que ce soit. Mais j'en avais fait part à Dorothée peu avant sa mort. Cela avait été l'occasion d'un fou rire mémorable, dans cette chambre d'hôpital puant l'alcool et la chair malade de ma fille qui s'en allait, un des plus heureux et des plus douloureux moments de ma vie.

1980. Bonnes fêtes de la part de la famille Biesebrook-Biron ! Jean-Luc tenait à ce que nos deux noms figurent sur cet auguste témoignage de notre prospérité, je n'ai jamais su pourquoi. Quelle comédie… Dorothée a onze ans, il lui manque encore une dent définitive à gauche. 1981, 1982, 1983, 1984, cela me rappelle une chanson qu'elle écoutait, d'un groupe écossais, les Simple Minds. Je passe la fin des années 1980, nous voici en 1990, et Jean-Luc et moi avons toujours la même tête de faux-culs. J'arbore l'indispensable collier de perles et le serre-tête en velours bleu virginal, et sous la jupe qu'on ne voit pas mais que je devine plissée, mes culottes en coton à taille haute.

Je quitte l'antre maudit avec mes bijoux, comme une voleuse, et je vais me parer des boucles d'oreilles et de la gourmette devant le miroir du hall d'entrée. Je regarde autour de moi, ici aussi il manque des choses… Peu importe, je ne les aimais plus. Elles me vont bien, ces boucles. Le poids de la gourmette à mon poignet me plaît. Ce sera du plus bel effet. Je ne suis pas encore décidée sur la méthode, voyez-vous. J'hésite entre trois possibilités : les veines tranchées dans un bain, la pendaison au grenier, qui s'y prête bien, les somnifères en quantité astronomique. Le bain est assez cinématographique, vous glissez dans l'eau qui devient rouge de votre sang, entre *Carrie* et *La Mort de Sénèque*. La pendaison est redoutable pour ceux qui vous trouvent. Les somnifères sont sans doute ce qu'il y a de moins violent pour les mêmes, car vous pouvez sembler endormie, inconsciente, mais c'est avec cette technique que vous avez le plus de risques de vous rater. J'y penserai plus tard. Le moment venu, l'évidence surgira.

Avant cela, il s'agit de célébrer encore un peu la vie. Il faut sortir, de cela je n'ai aucun doute, il faut gagner le grand dehors. Je voudrais voir la mer. Mon portable indique que j'ai reçu un message. C'est Catherine qui me demande si je vais bien, si la dose de vaccin n'a pas provoqué d'effets secondaires. Je réponds laconiquement. Et puis Victoire. Elle m'envoie une chanson ; je clique sur *play*, et un grand frisson me parcourt l'échine. *Il Mondo* de Jimmy Fontana. Elle m'a demandé récemment quelle était ma chanson préférée, et une s'était imposée sans que j'aie eu besoin de réfléchir. J'allais accoucher de John quand cette chanson est sortie. J'avais acheté le 45 tours que je passais en boucle, en regardant le jardin, et je pleurais. Ce morceau avait le pouvoir de me remuer les tripes comme rien d'autre. J'étais submergée de sentiments contradictoires, un grand chaos d'émotions se déchaînait en moi. Voilà plus de cinquante ans que je n'ai plus entendu cette chanson, et son effet est immédiat, intact. Vous avez un téléphone ou un ordinateur à portée de main ? Allez-y, ça ne vous prendra que deux minutes cinquante de votre journée, c'est une chanson courte. Vous allez sur YouTube, vous tapez Jimmy Fontana, un simple clic et vous y voilà, les premières mesures s'élèvent… *No, stanotte amore, non ho più pensato a te…* Oui, vous y êtes.

Si vous pouvez, faites comme moi, branchez votre appareil sur des enceintes ; voici que la musique emplit la pièce comme une bouffée de chaleur qui entrerait par la fenêtre un jour d'été. Je me revois à vingt-cinq ans, enceinte, déjà piégée dans ma cuisine dernier cri, au milieu de mes mixeurs et de mes couteaux à viande électriques, je savais que ma jeunesse était derrière moi, malgré mon jeune âge. Cette chanson me parlait de tous les baisers que je n'avais jamais donnés à la sauvette sous un porche, des rencontres qui n'avaient pas eu lieu, dans des trams, des trains, aux terrasses ensoleillées et aux bars des cafés, elle célébrait les confidences jamais accordées, les chaussures et les robes que je ne porterais pas, les danses et les rires, les violents chagrins non vécus, les chansons, les ciels et les visages à jamais inconnus.

Victoire a aussi laissé un message : « Je pense à toi, ma Mam, et Mathias t'embrasse sauvagement. » Puis un émoji qui fait un clin d'œil, avec : « C'est une blagounette *of course*, c'est de moi, et Mathias est furieux maintenant, il boude ! » Je réponds que tout va bien, et que je n'ai pas encore perdu complètement le sens de l'humour, j'ajoute un cœur. J'enfile mon manteau, je prends mon sac, vérifie que mon portefeuille et mes cartes bancaires y sont, mon téléphone, un masque et un parapluie, et me voilà en route pour la gare de Rixensart, d'où je prendrai le premier train pour Bruxelles, et de là celui pour Ostende.

*

La Flandre expose ses champs plats et ses horizons infiniment plombés, ses humbles fermes basses, qui semblent s'excuser de rompre la linéarité implacable du paysage et vouloir encore s'abaisser jusqu'à se fondre dans le sol boueux. C'est exotique, pour nous autres Belges du Sud. C'est le Nord, déjà ici, qui donne un avant-goût d'autres terres septentrionales et même orientales ; on pense aux plaines allemandes et polonaises, aux langues de sables de Hollande et du Danemark, on voyage loin à partir d'ici, depuis ce pauvre damier de terre et d'eau hérissé de quelques clochers d'un autre âge ; on voyage et on rêve.

Parfois la rêverie est interrompue par une entrée en gare. Ici, la voix du contrôleur au fort accent ouest-flamand annonce celle de Bruges. Ma dernière visite de la ville, il y a trois ans, fut une profonde déception. Trop de touristes, trop de magasins, de calèches et de bateaux-mouches. Bruges avait perdu son âme. Disparues cette sorte d'engourdissement funèbre, cette lumière spectrale qui enveloppait les êtres et les choses. La foule et le bruit les avaient chassées. Je déambulais dans les rues au bras de Catherine en tentant de me rappeler ce que j'avais tant aimé autrefois : à Bruges, à partir d'une certaine heure, tous les passants ressemblaient à autant de fantômes de béguines hâtant le pas pour l'office des vêpres. À Bruges on parlait bas, on soufflait une haleine si dense qu'elle semblait givrer au sortir des lèvres; on aimait de nouveau les églises, et même, l'espace d'une seconde, le plus indécrottable athée pouvait croire dur comme fer que cette fiole à peine entrevue contenait vraiment le caillot coagulé depuis deux mille ans du Saint Sang du Christ, le sang de l'alliance nouvelle et éternelle, versé en rémission des péchés.

Je me souviens d'un séjour avec Jean-Luc il y a plus de vingt ans, nous dormions dans un hôtel du centre. On était en janvier. Il n'y avait pas un chat. On aurait dit une ville évacuée en prévision de l'entrée d'un bateau pestiféré dans son port. Le carillon du beffroi sonnait les heures dans l'air glacé, lourd de gouttes en suspension, des pas résonnaient sur les vieux pavés du trottoir devant l'hôtel, les pas de quelqu'un qui passait et repassait inlassablement sous la fenêtre de notre chambre. Je n'ai pas dormi cette nuit-là, fascinée par le martèlement fébrile des talons de l'inconnu. Je me suis prise à imaginer que c'était un homme qui venait de se disputer avec sa femme, ou plutôt sa maîtresse, un homme qui ne trouvait pas le repos, aucun chemin avec lui-même, un homme qui faisait les cent pas pour ne pas devenir fou ou se jeter dans le canal non loin, qui fumait cigarette sur cigarette et portait un long manteau sombre dont il relevait le col en frissonnant. Un homme en peine. Le lendemain, je l'ai cherché, je guettais dans chaque passant un signe; chaque lieu visité me donnait l'occasion de traquer l'inconnu du trottoir parmi les rares hommes croisés, frôlés, aperçus de dos sur un banc d'église, dans une chapelle latérale, et même à une table de café ou de restaurant. J'ai raconté cette histoire, ou plutôt ce fantasme, à Victoire. Elle m'a dit : tu devrais écrire une nouvelle, Mam, sérieux ! Et depuis elle me demande souvent où en est mon travail. Impossible de savoir si c'est du premier ou du dixième degré…

Alors que les innombrables clochers de la ville s'éloignent dans le ciel jaune pâle, une vieille dame, à peu près de mon âge à en juger par son allure, quitte sa place près de la fenêtre et s'approche d'une petite bande de jeunes qui rient et discutent sans être protégés du saint masque, de nouveau réglementaire depuis deux mois. Elle se met à les engueuler sans sommation, sans leur demander poliment de bien vouloir mettre leurs masques, elle les abreuve d'une diatribe furieuse : vous mettez tout le monde en danger dans ce wagon, et je suis sûre que vous n'êtes même pas vaccinés, bande de hors-la-loi, de petite racaille ! Les jeunes, deux garçons et une fille d'origine maghrébine, et le quatrième, plus grand et blond, expriment d'abord la plus profonde sidération, puis la fille se met à rire, et ses copains lui emboîtent le pas. La vieille est ulcérée, on la voit qui devient rouge sous le masque qui se met à se gonfler et se dégonfler un peu trop vite, elle continue à leur hurler des choses inaudibles. Un des garçons se lève et lui demande poliment de se calmer, mais elle continue à les insulter ; elle prend le reste des passagers à témoin, ses yeux exigent une forme de soutien, mais personne ne parle ni ne bouge, alors elle nous agonit de reproches. Avant que j'aie eu le temps de penser, me voici debout occupée à crier, la ferme, vieille taupe ! Ça fait deux ans que les gens se privent de tout pour que toi et moi on n'aille pas entasser nos carcasses dans les hôpitaux, deux ans que ces jeunes-là n'ont plus de vie, plus d'air, plus d'espoir, plus de gaieté ! Déjà qu'on a fait crever la planète, qu'on a semé la terreur et la désolation, tu vas pas la ramener, non ?

Je reste debout immobile, incrédule. Le silence est complet, et pourtant j'ai l'impression que l'écho de mes mots flotte encore dans l'air. La vieille femme tremble à présent et commence à geindre. Je l'observe mieux et détaille ses gants de peau souple, ses cheveux coupés court d'un blanc sans doute rendu plus lumineux par la teinture, ses chaussures moches mais confortables, et je me vois. J'ai envie de lui défoncer la face, de lui casser ses dents, de lui faire avaler son masque, de lui crever les yeux. À mort les vieux ! À bas les sociétés gériatriques qui puent l'urine et la naphtaline ! Rendez-nous la vie !

Un type vient la prendre doucement par le bras et la fait asseoir un peu plus loin, avec force paroles de réconfort. Les jeunes m'observent, médusés. Les autres passagers me couvent de regards assassins, murmurent entre eux. Le garçon qui semble le plus âgé de la bande dit, c'est comment vot' nom, m'dame ? Une fraction de seconde, j'ai la tentation de mentir, comme au clodo, mais je me ravise. Dominique, dis-je. Je me sens soudain idiote, je ne sais quoi faire de mes mains, que je me mets à tordre l'une dans l'autre. Vous voulez vous asseoir avec nous, Dominique ? Je fais non de la tête et m'assieds sur la banquette de l'autre côté du couloir, regarde par la fenêtre. Mais les jeunes se tournent vers moi et insistent. Je me lève et prends place parmi eux : il y a Karim et Saïd, et puis Leila, et enfin Dimitri. Ils ont une journée de congé pédagogique, alors ils vont la passer à la mer. Ils avaient besoin de voir un peu de pays, d'oublier la sinistrose de l'automne.

Je me sens bien avec ces gamins, ils sont drôles et impertinents, un peu maladroits parce qu'ils n'ont pas l'habitude de parler à des vieilles bourges comme moi. Je ne comprends pas tout ce qu'ils disent mais ça ne fait rien. Saïd et Leila me tutoient parfois, et puis ils se reprennent, s'excusent. Ils montent un peu le son d'un petit baffle posé sur la tablette, Karim me demande si cela ne me dérange pas, je fais non de la tête, mais en réalité leur musique ne me plaît pas du tout. Ça doit sans doute se voir à ma mine, parce que Saïd me dit, vous voulez écouter un morceau de ouf ? Il me montre ses écouteurs. Je dis oui, il me les donne, je les place dans mes oreilles, et lui tripote son téléphone. Les premières mesures arrivent, une plage de cordes avec des voix d'enfants, puis les percussions, la voix du chanteur se pose, jeune, ferme, monocorde, mais pleine d'une rage sourde ; et ça explose aussitôt, les mots claquent comme des gifles, ou plutôt comme des coups de poing, ça va vite, ça va très vite, c'est une course haletante, une éruption de paroles, comme si elles étaient contenues depuis trop longtemps. Tout est clair, précis, intelligible, implacable comme l'évidence, comme le désespoir, ça évolue en crescendo, le ton monte, et chaque phrase est scandée par une autre voix qui murmure *regarde, écoute*, accompagnée de sons anxiogènes qui me font penser à une charge de robots, ou à l'intérieur d'une prison du futur; il y a aussi parfois comme une sirène au loin, et un chœur terrifié qui se fond avec les voix d'enfants; entre chaque couplet, le chanteur laisse quelques secondes à l'auditeur pour qu'il reprenne son souffle, pour qu'il intègre ce qu'il vient d'entendre, avec cette phrase qui revient, *l'odeur de l'essence, l'odeur de l'essence, l'odeur de l'essence.* Je suis sur le cul, c'est l'expression chère à Victoire qui me vient, et ça doit se voir à ma tête. Les quatre jeunes m'observent comme si j'allais leur prédire l'avenir. À la fin du morceau tout s'emballe, jusqu'à cette ultime évidence, *on s'bat pour être à l'avant dans un avion qui va droit vers le... crash.*

J'ôte les écouteurs, les tends à Saïd. C'est génial, dis-je, et ils n'ont aucun doute sur ma sincérité. Qui est le chanteur? Orelsan, tu connais pas? me demande Leila. Le nom me dit quelque chose, sans doute Victoire a dû m'en parler. Victoire, c'est ma petite-fille, je dis. Elle a quel âge? Dix-neuf ans. Cool, fait Dimitri en regardant ses baskets, comme si cette information le plongeait dans des abîmes de réflexion intense. Ils restent tous quatre silencieux, moi je ne sais plus trop quoi dire, alors je demande encore, c'est récent? Oh non, c'est super vieux, me répond Leila, c'est sorti il y a un an. Ah, oui, un an quand même, une seconde pour moi, un infini pour eux. Le contrôleur ouest-flamand annonce l'entrée en gare d'Ostende, *laatste stop*. Je me lève et me prépare à les saluer, mais Karim lâche, vous allez pas nous quitter comme ça, Dominique! On va faire un tour de cuistax et on vous emmène, d'ac? Vous devrez même pas pédaler, vous vous la jouerez en mode *chill* à l'arrière, à mater le paysage. J'hésite, je ne sais même pas pourquoi… parce que c'est tellement improbable, parce que ça me ressemble si peu, parce que je ne les mérite pas, parce que je ne suis pas certaine de ne pas vouloir être seule ; ils insistent, dites oui, Dominique ! Je dis d'accord, c'est d'accord, et ils applaudissent.

Je ne faisais plus attention à rien d'autre qu'à eux quatre depuis vingt minutes, mais subitement les longues figures de la plupart des autres passagers se rappellent à moi, parce qu'ils se remettent à me fusiller des yeux. Je sens leur haine, mais aussi leur jalousie semi-consciente, je les sens comme si elles me brûlaient la peau, et je voudrais crier, encore une fois, mais la main de Leila se pose sur mon épaule, elle a deviné, je l'entends me murmurer, te bile pas, ça sert à rien, c'est que des cons, j'ai envie de lui répondre, oui, je sais, des cons, mais ma chère Leila, tu sais, je ne vaux pas mieux. Mais je ne vais pas gâcher la journée, une journée qui a si bien commencé, alors je me tais et je les suis dans l'allée, vers les portes, vers le ciel immense au-dessus de la gare, déchiré par le cri des mouettes, vers le violent vent du large, qui nous malmène tant que nous nous mettons à rire.

Le cuistax, c'était *chill*, comme ils disent. Je me suis assise sur la petite banquette à l'arrière, pendant qu'eux pédalaient. On a mangé un *dürüm* sur un banc sous les arcades. On était devant l'œuvre d'art qui orne la plage tout près de la mer, cette légère structure de métal qui imite la forme du retable de l'Agneau mystique. Je leur ai demandé s'ils savaient ce qu'elle représentait, aucun ne connaissait le tableau de référence. J'ai expliqué, je leur ai conseillé d'aller voir le retable à Saint-Bavon, à Gand. Mais ça ne les intéressait pas beaucoup. Dommage. Je la trouve vraiment intéressante, moi, cette œuvre sur le sable, elle me met dans un état étrange, un peu vertigineux, c'est un objet qui, comment dire, contracte le temps et l'espace, qui me donne un très serein sentiment d'éternité. Je l'imagine encore debout lorsque les hommes auront disparu de ces lieux, quand plus aucun regard ne traversera l'encadrement, n'y contemplera la mer en convoquant la merveille moyenâgeuse dont il offrirait l'ultime trace. Il serait là comme un souvenir spectral du tableau des frères Van Eyck, à peu de chose près ce que l'humanité a créé de plus passionnant, comme un dernier vestige de notre passage, attendant la montée des eaux, l'engloutissement de toute mémoire. Brusquement je me suis sentie lasse. J'ai dit au revoir aux jeunes en les embrassant chaleureusement, et j'ai continué mon chemin jusqu'à Mariakerke, où se trouve la petite église où est enterré James Ensor.

Je suis restée assise longtemps dans la double nef, à écouter le vent hurler au-dehors et secouer la toiture. Une femme est entrée et s'est agenouillée en se signant, puis est venue réciter un chapelet pas très loin de moi. J'étais si bien, parfaitement seule… Chaque fois que ce genre de choses m'arrive, j'en prends mon parti. Mais c'est la journée de toutes les audaces, pas vrai ? C'est MA journée, ma toute dernière journée et je me sens le droit de faire exactement ce dont j'ai envie (et pas « ce que j'ai envie », comme je l'entends dire si souvent, ça me rend malade), par exemple demander à cette dame de bien vouloir revenir faire ses prières à un autre moment. Je m'approche d'elle, la cinquantaine je dirais, un joli foulard autour de la tête, des bagues et un sac de prix. Pardonnez-moi… Elle lève la tête, me sourit. Un sublime sourire, absolument radieux, presque aveuglant. Le sourire de Julia Roberts. Je pense à tous ses proches qui profitent de ce sourire et je me dis, quelle veine ! Je suis si bouleversée que j'en oublie pourquoi je l'ai interpellée. Ah, oui, le besoin de solitude… Je me sens moins franche tout à coup. Je m'assieds à ses côtés, bredouille quelques mots sans sens, et je fonds en sanglots. C'est une véritable cataracte, comme je n'en ai plus connu depuis la mort de Dorothée. La honte m'étreint, mais je suis incapable de m'arrêter. La femme me passe un bras autour des épaules et me serre contre elle. Et à son contact la honte me quitte, ne persiste que le chagrin sans objet, le corps qui réclame l'épanchement complet ; mon corps, il ne me laissera pas tranquille tant que la dernière goutte n'aura pas été expulsée de mes yeux. La dame me caresse le dos, j'éprouve la bénéfique tiédeur qui réchauffe ma peau, mes muscles, et jusqu'à mes vieux os. Vous devez sourire dans votre barbe, en vous rappelant ce que je vous ai dit, que je n'avais besoin de communion avec aucun de mes semblables… La dame va se mettre à parler, je le sens, je n'ai pas envie de paroles, non, aucune parole, ma belle, juste l'étreinte, un mot de ta belle bouche ne pourra que nous décevoir toutes deux, chut… Je pose un doigt sur ses lèvres, je me lève et je pars.

J'ai pris un tram pour le retour vers la ville. Mangé deux crêpes cassonade chez Georges, puis repris le train en fin d'après-midi. Et me revoici chez moi, dans la chaleur, l'odeur de cette maison que je n'ai jamais aimée, mais où, en près de soixante ans, j'ai fini par me sentir vaguement chez moi. Assise dans le canapé saumon, j'attends mon ami le chat, en fumant une des cigarettes de M. Jaumin et en buvant le reste de la bouteille de mercurey. Enfin, le voilà qui pointe ses moustaches formidables devant la fenêtre, je lui fais signe d'aller vers la cuisine, viens par là, je vais t'ouvrir, viens ! Il saute depuis l'appui de fenêtre sur le carrelage en granito, se frotte à mes mollets, je le caresse avec volupté pendant de longues secondes. J'ouvre une boîte de thon, et il mange de très bon appétit. Je me demande quand même à qui il appartient, s'il a même un foyer. J'ai soudain peur de le laisser. C'est idiot, je le connais depuis deux jours. Mais j'éprouve, en l'observant manger, confiant, une vague angoisse à la perspective qu'il revienne demain à la même heure et m'attende en vain, qu'il découvre une maison vide et sombre, ou alors déjà de l'agitation, ma fille et mon fils s'affairant comme des insectes, qui ne font aucune attention à lui, lui qui aura été mon ultime compagnon.

Allons, Dominique, ressaisissez-vous ! Vous si dure, si décidée, si intransigeante… À moins que ce ne soient là que des mots ? Mais non, vous n'allez pas vous dégonfler maintenant. On y croit. On est là, vous savez, on vous accompagne, nous aussi, on vous soutient dans votre geste fou, libre, trash, presque punk, pourrait-on même dire. Une vieille punk, voilà ce que vous êtes, au fond. Sacrée Dominique, vous nous aurez bien surpris. Vous jetez une œillade au coucou, si vous croyez qu'on ne vous a pas vue… Oui, déjà 19 h 35, on approche, on glisse insensiblement vers l'heure fatale.

Foutez-moi la paix ! Je meurs si je veux, et quand je veux, bande de sales voyeurs ! Lâchez-moi un peu la grappe, laissez-moi accéder à mon moment comme je l'entends. Ce ne sera peut-être pas celui que j'ai annoncé, celui où Jaumin sort son clebs, c'est moi qui décide, c'est moi la reine de la nuit qui commence. Je suis un peu Dieu, ce soir.

Et quand on est Dieu, on aime la pompe, du moins la mise en scène. Alors un peu de musique, d'accord ? Pourquoi pas ce cher Kurt ? Mon téléphone… Nirvana, voilà, *Unplugged*, culte, disait Dorothée. Je n'ai même jamais écouté cet enregistrement de son vivant. Il a fallu qu'elle soit partie pour que je m'intéresse à ce qu'elle aimait. J'ai écouté ce disque le jour de sa mort, en boucle, seule dans sa chambre. J'y suis restée deux jours entiers et deux nuits, sans manger. Avec Kurt Cobain. Mes enfants avaient appelé le médecin de famille, le vieux docteur Hirsch, qui était sourd comme un pot. Le pauvre avait passé des heures, assis dans le couloir, contre la porte de la chambre, à tenter de me faire ouvrir. J'avais tant monté le son que je n'entendais rien de ce qu'il me disait, et lui il continuait à crier dans le désert. Ma fille Catherine lui a monté une assiette de blanquette de veau qu'il a mangée sur ses genoux, parce qu'il prétendait ne pas quitter son poste. Le lendemain, quand j'ai émergé de ma retraite, John s'est fâché contre moi. Odieusement. John en réalité est un con. Vous l'avais-je dit ? Bon, c'est la réalité. Je veux dire qu'en plus d'être pourvu d'une intelligence très limitée, il n'a aucune intuition, aucun tact, aucune sensibilité. Et cette indigence peut le rendre méchant. Comme tous les vrais cons, je crois. Il tient ça de son père. Oui, de son père. Je devine ce que vous marmonnez : mais vous êtes la méchanceté incarnée, Dominique Biron ! Non, pour moi c'est différent. Je suis une rosse d'une autre sorte, je suis méchante par nature, ce n'est pas ma bêtise qui fait de moi une teigne. John. Quand je pense à lui, je me sens toujours coupable, et désolée. Tellement désolée pour lui. Mon pauvre con de fils.

Je me verse les dernières gouttes de mercurey, et je m'en vais à la cave chercher une autre bouteille. Je remonte avec un givry blanc, le vin préféré d'Henry IV, disait toujours fièrement Jean-Luc. Dans la voiture, alors qu'on quittait la coopérative, chaque année, à hauteur du même village, au même carrefour, il ânonnait cette phrase et ça me rendait dingue. Un jour, lors de nos dernières vacances avant sa mort, je lui ai demandé, qu'est-ce que tu connais à Henry IV ? Il a arrêté la voiture sur le bas-côté de la route, enlevé ses lunettes et m'a regardée. Et toi ? m'a-t-il lâché en guise de réponse. Ce n'était pas la peine de discuter. Comment vouliez-vous discuter avec ce type ? Allons, ma chérie, tu es de mauvaise humeur, pourtant tu as bien dormi ? Ce ne sont certainement plus tes règles, hein, haha ! Voilà qui était Jean-Luc. Comment voulez-vous qu'un con pareil et une coincée comme moi fassent de chouettes gosses malins ? Catherine n'est pas bête du tout, seulement ça ne se voit plus très souvent. Vous comprenez mieux pourquoi je dis que Dorothée était un miracle, une comète dans un ciel belge de novembre.

Les premières mesures de *The Man Who Sold the World* résonnent. Pas assez fort à mon goût. Je monte le son. Le chat frissonne, mais je l'apaise d'une caresse. Les chats n'aiment pas le bruit, je le sais, mais il faudra t'y faire, mon ami. Juste quelques minutes. Cette chanson est de Bowie, ai-je lu sur internet, la version de Nirvana l'a fait découvrir à toute une génération. Dorothée m'avait probablement dit tout ça un jour, assise à la table de la cuisine, pendant que je faisais la vaisselle ; je l'écoutais d'une oreille très distraite, comme souvent malgré tout mon amour. Mais est-ce vraiment aimer que de s'intéresser si peu à ce qui fait vibrer celle que l'on aime ? Je me ressers un verre, la bouteille est déjà à moitié vide. Le paquet de cigarettes n'en compte plus que trois. J'en allume une, la quatrième aujourd'hui, je tousse, plus l'habitude, mais ça me plaît. Bon sang que ça me plaît, cet état un peu gris d'alcool et de fumée, le salon qui devient bleu, cet espace si familier soudainement bizarre, où les objets se floutent et prennent une apparence surprenante, inconnue, ce salon où jamais nous n'avons réellement fait la fête, qui jamais, je crois, n'a accueilli de bande de jeunes hilares, ivres ou défoncés, qui n'a vu personne danser jusqu'à en perdre l'équilibre, faire l'amour, se promener nu en titubant sous l'effet de la gueule de bois. Je prie pour que Dorothée ait bravé les interdits, alors que nous étions en voyage... Je donnerais cher, ce soir, pour avoir la certitude qu'elle nous a désobéi. Je donnerais un bras pour avoir moi aussi quelques images de nuits de folie imprimées à jamais dans ma chair, des images qu'un morceau de musique, une odeur, un mot suffiraient à ressusciter.

Dans les années 1960, 1970, alors que je m'emmerdais ferme à tenter de réussir la langue de bœuf sauce madère, d'autres, partout dans le monde, écoutaient Led Zeppelin et jouissaient dans des sous-sols improbables, emmêlaient leurs cheveux, découvraient leur corps et leurs désirs, rencontraient parfois leur moi profond.

Par la fenêtre, j'aperçois Jaumin qui allume sa clope en parlant à son chien. Il l'aime, ça c'est sûr. Il l'aime vraiment, je veux dire, plus que la plupart des gens aiment leur chien. J'entends parfois ce qu'il lui dit, les jours d'été, quand la fenêtre est ouverte sur la rue. Il lui parle comme à un être humain, un ami qui pourrait lui répondre. Pendant des années je me suis moquée de lui. Comme ça, par malveillance, par ennui, parce que c'est ce que je fais. Par jalousie aussi, sans doute. Il se met en route, lentement, de son pas de clerc de notaire, de guichetier de poste, de pharmacien. Qu'est-ce qu'il faisait au fond, tiens, Jaumin, comme métier ? Aucune idée. Voilà vingt ans que nous sommes voisins. Et M^me^ Devyver ? Son mari ? Les Schoonbrodt un peu plus loin, avec leurs six gosses et leur manie de faire des travaux presque chaque année ? C'est dingue, ça, quand même, à l'heure d'aujourd'hui. Un jour, M^me^ Schoonbrodt me raconte qu'elle change de cuisine équipée (la troisième en quinze ans), et qu'elle doit aussi faire remplacer les châssis, qui n'ont pas cinq ans, parce que vous comprenez madame Biron, j'aimerais que mon plan de travail en marbre aille mourir sur mes appuis de fenêtres, c'est exactement le terme qu'elle a employé, « aille mourir »… Et moi j'opine du chef, alors que j'ai une folle envie de rire à gorge déployée et de lui enjoindre d'aller se faire voir avec ses châssis, ses dépenses inutiles, indécentes… « Aille mourir », non mais, je t'en donnerai, moi, des « aille mourir »! Ça ne vous met pas mal à l'aise, vous? Peut-être en êtes-vous là aussi, finalement… Comme tout le monde.

Si on pouvait lui remplacer le cerveau, ce serait plus utile. Bientôt on y arrivera, très bientôt. Ce sera sans doute pas pour en mettre un plus malin, vous pouvez me croire. Tiens cette année, je me paie une nouvelle toiture et un cerveau. C'est pas donné mais j'ai fait l'impasse sur les vacances au ski. De toute façon, le ski c'est dangereux et quand on se casse la pipe, ils veulent plus vous soigner parce que c'est votre choix de foncer sur les pistes et de vous choper une commotion cérébrale. Je me suis dit, ce serait trop bête d'aller bousiller mon beau cerveau tout neuf à la montagne.

Enfin, quand ils laisseront claquer les skieurs, les alpinistes, les cavaliers, les marins, les fumeurs et les poivrots, les camés, les accros aux médocs, les gens qui baisent trop, qui ne dorment pas assez, quand on devra montrer un QR code pour aller se faire soigner, attestant qu'on n'a pas consommé trop gras ou trop sucré, qu'on a fait ses dix mille pas par jour, pris un bol d'air frais, on n'osera même plus traverser la rue ni prendre sa voiture. On restera bien douillettement chez soi à changer ses châssis. Ça au moins, c'est sécurisant, et puis comme le progrès ne s'arrête jamais, on sera isolés à 200 %, car le vingtuple (ça se dit, ça, « vingtuple »?) vitrage aura été inventé, cinquante centimètres de couches de verre pour vous protéger du froid, du chaud, du bruit, des voleurs, des voisins, de la peste, des chants d'oiseaux et des insectes, des odeurs, des cris d'enfants.

Mince, la bouteille est vide. Encore un petit ? Vous m'accompagnez ? C'est triste de boire toute seule. Allez, juste un petit, quoi ! Vous me devez bien ça, voilà des heures que je vous divertis, des heures que je me répands, vous savez tout de moi, et c'est pas tous les jours qu'on voit clair chez un autre être humain, pas tous les jours qu'on voit clair en soi. Parce que c'est ça qui se passe, vous avez fait un peu de lumière en vous, d'une pierre deux coups, si, si, vous ne me croyez pas ? Alors c'est que vous êtes vraiment en résistance, dans le déni le plus opiniâtre, bouché quoi. Vous en avez marre de mes bavardages, du fiel qui sort de moi comme une coulée de lave brûlante, dévorante, destructrice ? Mais elle va crever, la vieille, ou quoi ? C'est quand qu'elle se fout en l'air ? L'heure tourne, et on aimerait voir notre série avant d'aller se coucher. J'adore vous faire languir, j'aime vous imaginer, trépignant, au comble de l'excitation, d'une sorte de panique, d'effroi dont l'objet n'est pas très clair. Cela doit être étrange d'assister à la mort d'une personne. Je n'étais pas là quand Dorothée est partie. Ça s'est passé la nuit, deux heures après que je l'ai quittée. Je voulais rester mais elle m'a demandé de la laisser, et j'ai obéi. Ce soir-là, je lui avais lu des poèmes de Baudelaire. Je les découvrais pour la première fois, et c'était si beau, si honteusement neuf pour moi, ces vers qui dansaient comme des bras autour de nous, qui nous frôlaient en déployant de la tiédeur ou au contraire une bise glacée, qui brassaient des effluves, me semblait-il, des lumières, des matières, une douloureuse et sourde colère, une nostalgie, et infiniment de regrets. Je pleurais en lisant et ma fille s'est un peu fâchée. Maman, s'il te plaît, fais un effort. Si tu avais lu Baudelaire plus tôt, tu te sentirais moins perdue, moins seule aujourd'hui, moins amère aussi, sans doute, m'a-t-elle dit dans un souffle. J'ai ravalé mes larmes, j'ai continué bravement, oui, bravement, ne souriez pas, il en faut vous savez, du cran, pour découvrir Baudelaire, à voix haute, devant sa fille mourante. C'est terrible ce que je vais vous avouer : dans ces abîmes de désarroi, en ces minutes où je n'avais qu'une idée, celle de suivre Dorothée dans la mort, je me suis sentie vivante. Pour la première fois, intensément, cruellement vivante. C'est comme si le long fleuve soporifique qu'avait été ma vie jusque-là s'était transformé en une chose qui ressemblait à la mer Rouge devant les Hébreux ; une masse d'eau apathique rendue soudain furieuse, et qui se fend miraculeusement, qui s'ouvre comme une plaie.

Je suis de retour avec une autre bouteille. De l'alcool cette fois, un pur malt qui doit traîner dans ma cave depuis au moins dix ans. *Talisker*, est-il marqué sur l'étiquette. Ça doit être costaud. J'essaie de me souvenir si j'en ai déjà bu, mais j'ai oublié. Dorothée aimait ces whiskies des Highlands qui goûtent la tourbe et les embruns, disait-elle, une gorgée vous donne le sentiment de vous transporter sur une falaise recouverte de bruyère, avec la mer qui rugit en contrebas. Bon, allons-y, alors. Je débouche, je verse, déjà la couleur et l'odeur qui surgissent sont sublimes. Mais elles ne me rappellent absolument rien. Ça doit avoir été recalé dans un recoin obscur de mon cerveau, un grenier oublié et banni. Ou alors jeté hors de mon crâne à tout jamais, dans l'espace où doivent flotter, telles des lucioles invisibles, tous les souvenirs de tous les vieux fous, les malades, les amnésiques que la terre a portés. Je ne sais pas si cette idée me réconforte ou m'effraye. Je m'en contrefous, à vrai dire. Il n'y a que les poètes, les artistes pour se consoler avec ce genre d'image. Nous autres, gens simples et terre à terre, sommes un peu bornés. Je bois ma première gorgée. C'est puissant, crénom! Je tousse un peu, la gorge me brûle. Faudrait pas que je m'étrangle maintenant. C'est Jean-Luc qui ricanerait bien. Pas que je m'endorme non plus. Il est sans doute l'heure de monter, d'aller me faire couler un bain bien chaud. C'est ici que je me félicite d'avoir gardé ma baignoire, malgré les hauts cris de Catherine. Je n'ai plus pris de bain depuis l'arrivée de la super-douche.

Le chat me suit, se frotte à mes jambes, je titube un peu, ramasse mon portable, m'en vais monter l'escalier. J'aimerais me hisser avec les deux mains à la rampe, tant je me sens groggy, lourde, comateuse. Mais je dois tenir mon verre. Chaque geste me coûte. Dans l'armoire à pharmacie, attendent bien sagement les flacons de somnifères et de calmants. Du Valium, reliquat des mois qui ont suivi l'annonce d'Alzheimer. J'ai fait quelques crises de panique, et je ne dormais plus. Je dois n'en avoir pris que deux ou trois fois. La boîte est presque pleine. À côté attendent les deux flacons d'Imovane. La musique s'est arrêtée, dommage. Je ne vais pas redescendre pour profiter des enceintes... Je risquerais de me casser la pipe et de m'en tirer avec le col du fémur foutu, quelle déveine ! Non, je vais me contenter du son de mon iPhone, pas si mauvais. Le bain est à moitié rempli, l'eau fume agréablement. Oh, merde, j'ai oublié le mot pour Souad ! Non, non, non, vieille crétine sénile ! Faut y aller. Mais je suis déjà complètement schlass… Arrivée en haut de l'escalier, je vois la rampe en double, et tout tangue. Impossible de descendre. Je commence à trembler, allez, ma vieille, tu vas pas avoir une crise de panique maintenant ! Calme, calme, voilà, sens la fourrure du chat sur ton mollet, assieds-toi, il est venu te rassurer. Pas de stress. Miaou ! Son miaulement est impérieux, il veut me dire quelque chose. Je me relève, retourne à la salle de bains, coupe l'eau avant que la baignoire ne déborde. Le chat reste sur le seuil et continue à miauler, comme pour m'attirer dehors. Il a compris. Miaou, miaou, presque agressif. Mais enfin, pépère, c'est ainsi, et tu n'y peux rien. Mais merci d'essayer. Cela me touche beaucoup. Je lui parle encore un peu, et il finit par se taire et attendre. On se regarde dans les yeux un très long moment. Aucun regard humain ne m'a offert toutes ces choses essentielles et contradictoires qui émanent à présent des yeux de ce chat. J'aurais aimé qu'un de mes semblables soit capable d'autant de vérité. Cette vérité qui se lève comme l'aube, et s'impose, absolue, inéluctable, dans les prunelles souveraines. Elles disent, je comprends, je te connais, je te vois, toi, oui, toi, Dominique Biron, toi et personne d'autre, toi la seule, l'unique Dominique Biron, je connais ta vie, je connais ton cœur, je sais tout de toi, et je t'accepte ; mais elles disent aussi, fais comme bon te semble, cela n'a pas d'importance au fond, puisque tu n'es rien. Je reste auprès de toi afin de te consoler de ton abyssale insignifiance. Je reste et je veille, je serai la mémoire de ce moment, si cela peut te réconforter, la mémoire de tes derniers instants, le témoin de la fin de ton petit voyage.

Je pose les flacons de médicaments sur le rebord de la baignoire, je me déshabille et me glisse dans l'eau. Le chat détourne la tête et baisse les oreilles en signe de mécontentement. Tu as raison, garçon, ce n'est pas un spectacle très beau à voir. Je me glisse dans le bain chaud. Quel délice ! Pour un peu on ne mourrait pas, juste pour pouvoir encore éprouver cette sensation exquise. Je m'essuie les mains à la serviette qui pend non loin, et je prends mon portable. Vous avez deviné ce que je vais écouter, non ? Pas Nirvana, c'est fait. J'ai chanté *Lithium* avec Kurt, en guise de prière, *I'm so happy 'cause today I found my friends, they're in my head, I'm so ugly*... C'est fait. Je connais cette chanson par cœur depuis la mort de ma fille, qui l'avait demandée pour ses funérailles. On l'a passée, bien sûr, malgré la désapprobation de Jean-Luc et surtout de John. Quelle scène il nous a faite pour qu'on laisse tomber Nirvana, il s'est presque battu avec Denis. Ce jour-là, je crevais d'envie que Denis lui mette une bonne raclée. Il l'avait fait une fois, par le passé, alors qu'il sortait avec Dorothée depuis quatre mois. Denis portait des dreadlocks et se fardait les yeux, John s'était moqué de lui devant une tablée de quinze personnes à Noël, et Denis est parti comme un ressort, il lui a mis son poing dans la gueule par-dessus la dinde. Magnifique. La soirée n'avait pas été gâchée, loin de là ; seulement John et sa femme, deux cousins turbo-chiants et une vieille tante nous avaient quittés, ce qui avait considérablement amélioré l'ambiance. Jean-Luc avait boudé pendant une demi-heure dans son bureau en sirotant son vin, puis était revenu parmi nous, plutôt détendu et de bonne humeur. Un des Noëls les plus réussis de notre histoire familiale. Le chat est toujours sur le seuil, à présent ramassé sur lui-même, les yeux mi-clos. Je voudrais qu'il ne soit pas seul après. Je voudrais demander à Denis de l'adopter. J'écris un mail : « Mon cher Denis, un splendide chat me rend visite depuis quelques jours, je crois qu'il n'a pas de foyer, voudrais-tu l'adopter ? Cela me ferait un immense plaisir. Bises, Mam. »

Je vais sur YouTube. Clic, clic : *Il Mondo* émerge de mon téléphone. Je débouche le flacon de calmants, celui de somnifères. Combien faut-il en prendre pour être sûr de son coup ? Aucune idée. Vous ne vous êtes même pas documentée, Dominique Biron ? Mais enfin, on ne se suicide pas comme on va chez Carrefour, vous savez ça, tout le monde sait ça ! Une petite poignée de Valium, une autre d'Imovane, mais quelques-uns tombent à l'eau, je remplis ma main de nouveau, les dépose en tremblotant sur le rebord du bain. Dix de chaque, grosso modo. Pour une fois, je ne ferai pas de compte d'épicier, ça me changera. J'emmerdais toujours Jean-Luc et mes enfants avec le prix des choses, je voulais chaque ticket de caisse, et quand par malheur il avait été perdu ou oublié, je demandais, combien les chicons ? Et le filet américain ? Même si ça n'avait pas changé depuis la semaine précédente, il me fallait les prix au centime près. Une obsession, une manie de vieille que j'ai toujours eue. Cette fois, ce sera à la louche, au pif, au petit bonheur la chance. J'avale le premier comprimé avec une gorgée de whisky, et je manque de m'étrangler. Trop puissant pour faire passer la pilule. J'avais pensé faire comme dans les films, où on voit des gens s'enfiler des tonnes de médocs avec de l'alcool fort. Mais c'est pas un truc facile du tout, vous pouvez me croire. Ce sera à l'eau. Je remplis le verre à dents, et je recommence. Et cette fois ça glisse tout seul. Un, deux, trois comprimés, on continue, quatre, cinq, six, et sept... Une petite pause. Huit, neuf, dix, onze, et... il n'y en a plus. Faut-il en ajouter ? J'ai peur de vomir... Mieux vaut attendre un peu. J'avale une grande rasade de Talisker. Malgré le contexte, l'impression très intense de boire l'air marin gorgé de tourbe est toujours aussi saisissante. J'y prends vraiment goût, descends bien vite le verre, me ressers. Je me sens bien, très bien, engourdie, légère. *Gira, il mondo gira, nello spazio senza fine...*

Dans l'embrasure de la porte une silhouette s'est encadrée. Dorothée. Je la reconnais à son déhanchement très caractéristique. Vous l'ai-je déjà décrite ? Pas vraiment belle, je suis obligée de le reconnaître, mais tellement plus que belle. Une présence, surtout, blonde mais volcanique, avec ses yeux noirs et luisants, liquides comme ceux d'une Indienne. La peau très blanche, toujours trop pâle. Quand elle était enfant, on lui caressait la joue avec compassion, comme à une tuberculeuse. Un corps longiligne, un brin androgyne avec ses tout petits seins, et elle aimait en jouer quand elle était adolescente. Ça me rendait folle d'inquiétude, de honte même. Dorothée, mon adorée, je voudrais croire aux illusions que me procurent l'alcool et les cachets. Mais tu n'es pas là, tu n'es plus nulle part, ni ici ni ailleurs. Je me suis bercée si longtemps des fadaises rabâchées par les curés et par la plupart des gens que je connais, qui me disaient que tu étais là, proche mais invisible, que tu veillais sur moi et que je te retrouverais un jour. Je les écoutais, je les croyais comme on boit pour ne pas sombrer et puis, un matin, ma sœur Jacqueline, qui venait pour un café, s'est mise à me débiter les éternelles salades sur la présence ineffable de Dorothée et les grandes retrouvailles dans l'éternité de l'amour divin, et je lui ai flanqué mon verre d'eau à la face. C'était fini, je n'en pouvais plus du mensonge, de tous ceux qui ne connaissaient que ce moyen de me réconforter. Il faut trouver mieux, ai-je dit à Jacqueline, être inventive, véritablement empathique, ou fermer sa gueule. Lui ai-je vraiment dit ça ? Ou bien me suis-je contentée de le rêver, comme je l'ai fait la plupart du temps au lieu de parler, au lieu d'agir ? Quelle importance à présent, me direz-vous ?

Tu es toujours là, ma fille, je distingue ta chevelure qui ondule légèrement à travers les vapeurs d'eau chaude. L'homme est une redoutable machine à lutter, contre la douleur, le désespoir, le néant. C'est une espèce de tique d'une résistance toute particulière. Je suis cela, en cet instant où je crois dur comme fer à ta présence charnelle tout près de moi. Pourquoi ne puis-je pas quitter cette vie sans me raconter d'histoires ? Tout simplement comme on prend un train ? Mais même prendre un train, et peut-être surtout cela, est une mine inépuisable de matière à récits, à fictions. Nous ne sommes pas capables de vivre hors de la fiction. C'est notre malédiction, à nous autres, humains. Mais c'est aussi une bénédiction, parfois. Savez-vous que c'est Jean-Luc qui a choisi le prénom de Dorothée ? C'est beau, vous ne trouvez pas ? C'est un des plus beaux prénoms de la terre. « Cadeau de Dieu », c'est ça que le mot veut dire. C'est du grec, paraît-il. Encore un snobisme de mon défunt mari… Quand Dorothée disait que son père ne s'intéressait pas à elle, ce qui était vrai, je lui répondais que non, qu'elle avait tort, Jean-Luc ne parvenait tout simplement pas à manifester son amour et son attention, et quelle meilleure preuve de cet amour que le prénom qu'il lui avait donné ? Bla-bla-bla.

Une terrible nausée m'oblige à me redresser. Un sentiment d'effroi l'accompagne : et si j'allais retrouver Jean-Luc, une fois morte ? Si toutes ces fariboles étaient vraies, finalement ? Si c'était ça, l'enfer, se coltiner ses morts, pas les bons morts, mais ceux qu'on a été soulagé de quitter, ceux qui nous rappelleront toujours notre médiocrité et nos échecs ? Oh mon Dieu. Il ne me semble pas que ces pilules me fassent beaucoup d'effet… Les médicaments n'agissent pas de manière très marquée sur mon organisme, en général. Il te faut des doses de cheval, me disait Jean-Luc. Et ma mère avant lui. Je me souviens soudain que le Valium a sur moi l'effet inverse de celui recherché ; il provoque l'agitation, l'anxiété, un état d'extrême fébrilité. Qu'à cela ne tienne, je m'envoie encore quelques cachets de somnifères.

Le chat semble avoir disparu. Dorothée aussi. Une bande de jeunes passe dans la rue, j'entends leurs rires. J'en reconnais certains… Il y a là Françoise, la copine de ma sœur, si, si, c'est bien sa voix frondeuse ; elle dit, te bile pas, c'est que des cons (il me semble avoir déjà entendu ça récemment), et elle enchaîne, si on allait chez *Jacky*? Marie-Paule a un gloussement, et elle lâche, chiche! Et les voilà qui partent toutes deux en courant, sur leurs talons que j'entends claquer joyeusement, dans leurs jupes gonflées de jupons que je rêve moi aussi de porter. Mais je n'ai que huit ans. Tel un furet, je les suis sans me faire voir, je sais ce que va faire ma sœur chez *Jacky*, elle va danser tout l'après-midi en flirtant avec Giacomo, le serveur italien, et puis elle rentrera à la maison toute rouge et les yeux brillants, dans une insolite odeur de transpiration, elle s'assiéra à table, et quand mon père lui posera la question, où étais-tu? elle répondra chez Françoise, on révisait les maths, mais moi je saurai que c'est un mensonge parce que je l'ai vue derrière la vitre à tourner et tourner encore dans sa robe à pois, à sourire et encore sourire et minauder devant Giacomo qui passe, svelte et vif, avec son plateau sur le bras et sa mèche gominée qui retombe sur son front. Ce soir-là, je joue la comédie de l'humeur maussade et du manque d'appétit, maman me demande ce que j'ai, tu n'as pas l'air dans ton assiette, chérie, mais de ma petite voix misérable je dis, rien, ça va, en lançant un regard de fouine à Marie-Paule qui a un hoquet et avale une bouchée de pain de travers. Maman insiste, mais enfin tu es toute pâle, moi je continue à me taire et Marie-Paule se liquéfie sur sa chaise, devient grise, et moi je lape ma soupe avec un air bougon, j'aime voir maman s'inquiéter pour moi, je temporise, j'aime aussi voir Marie-Paule complètement paniquée et soudain c'est le moment, elle était pas chez Françoise mais chez *Jacky* à remuer les fesses devant l'Italien. Hein ? Que dis-tu ? L'Italien ! Mon père étouffe de colère, on dirait qu'il a une attaque. On t'aura prévenue, gronde-t-il en assassinant Marie-Paule de ses petits yeux de souris. Je suis surprise de la vitesse et de l'inconditionnelle confiance avec lesquelles il accorde foi à mes accusations. Je n'ai qu'à parler et c'est comme si j'étais la vérité incarnée. Parole d'Évangile. Presque trop simple. Marie-Paule hurle, menteuse ! Et c'est tellement ridicule de se trahir aussi bêtement que je souris intérieurement alors que je présente une mine chagrine, je me mets même à pleurnicher sans bruit en me frottant les yeux. Maman me caresse la joue. Je demande poliment, cauteleusement, si je peux sortir de table, et bien sûr ma mère opine du chef, je me lève après m'être essuyé bien sagement la bouche et avoir déposé ma serviette à côté de mon assiette. Salope, petite salope, je peux presque entendre la voix intérieure de Marie-Paule. Et ce sont les deux mots que je murmure cette nuit-là, en proie à l'insomnie et à la certitude d'avoir perdu bien plus que l'innocence.

Une semaine plus tard, mon père alla déposer ma sœur dans un pensionnat sinistre et mal chauffé, perdu au fin fond des Ardennes, où elle passera deux ans et souffrira d'une pneumonie très mal soignée qui lui laissera une faiblesse respiratoire tout au long de sa vie. Peut-être d'ailleurs cette faiblesse a-t-elle été pour quelque chose dans son cancer des bronches… Marie-Paule m'a pardonné, bien sûr, presque aussitôt ; c'est Marie-Paule, vous savez, la douce, la bonne, la trop bonne Marie-Paule.

La voix de ma sœur résonne encore dans la nuit froide, s'éloigne, gaie, insouciante. Je m'aperçois que ma baignoire gît à présent sur le trottoir en face de ma villa. L'eau se refroidit rapidement dans l'air cru et humide. Je remarque que ma peau est toute fripée. On dirait celle d'un batracien. Je me fais l'effet d'un grand reptile du futur, qui aurait perdu ses écailles à cause de la radioactivité ou d'une crasse pire, un pauvre serpent d'eau à la peau fine et verdâtre ondulant dans les eaux glauques d'un marais putride d'une planète à l'agonie. La Devyver a glissé son regard torve entre deux tentures et me contemple. Soudain, elle est devant moi, penchée au-dessus de l'eau fumante. Vous aurez l'obligeance, madame Biron, de bien vouloir débarrasser le trottoir de cette vieillerie de baignoire et de ce qui marine dedans ! On dirait un cadavre, c'est vraiment inconvenant dans un quartier si bien fréquenté. Va te faire pendre, conasse ! Dégage, tu me caches la vue. Où est Marie-Paule ? Marie-Paule, Marie, attends-moi ! Je veux venir avec toi ! Mais non, Domdom, t'es trop petite. Et puis t'as pas encore de seins ! C'est la garce de Françoise qui a ajouté ça. Je m'en fous d'elle, je la déteste. Emmène-moi, Marie ! Je serai sage, tu ne me verras même pas, et je dirai rien à papa et maman, promis juré, croix de bois croix de fer, si je mens je vais en enfer. Mais tu y es déjà, en enfer, ma Domdom, regarde autour de toi, c'est ceci l'enfer. Tu vas bientôt le quitter, rassure-toi, très bientôt. Et je te retrouverai ? Hein, Marie, on ira encore manger des glaces et voir des films avec Elvis à l'Ambassador, et tu me raconteras le conte des *Souliers rouges*, j'adore ce conte, il me donne des cauchemars mais je l'aime, c'est une horrible histoire pour les enfants gâtés comme moi, qu'elle me serve de leçon, dit toujours papa, ce n'est pas toi qui porterais ces souliers rouges à l'église, hein Marie, moi, oui, je le ferais, et je céderais à leur charme, condamnée à danser, danser pour l'éternité, à moins de me faire amputer des jambes.

Marie-Paule a pris la place de M^me^ Devyver au-dessus de la baignoire, elle a enfilé un gant de toilette, mon gant de toilette décoré d'une image de Mickey, elle me prend le bras et le lave, fait de même avec l'autre. Puis on joue avec un navire en plastique en chantant des chansons de marins, *dans les prisons de Nantes, dam dim dim dam...* J'adore que Marie-Paule s'occupe de moi quand maman est absente. *Y avait un prisonnier, y avait un prisonnier, dam dim dim dam...* Ce soir on se blottira dans ton lit, bien pelotonnées toutes les deux sous la couette en plumes, celle que tu as reçue pour tes quinze ans, si chaude, si moelleuse. Marie, tu me la racontes, l'histoire ? Non, Domdom, je ne peux pas. On ne se verra plus jamais, tu le sais, moi aussi je le sais maintenant. Je ne suis pas ici.

Merde, et moi, ben... ça prend combien de temps pour vous mettre KO, ces saloperies de médocs ? Si je pouvais m'endormir. Le teckel de Jaumin se met à aboyer tristement. *Personne venait le voir-re, dam dim dim dam... Que la fille du geôlier, que la fille du geôlier.* J'ai très froid, soudain. Ah, enfin ! On dit que c'est un signe, LE signe qu'elle arrive, la Faucheuse. Mais amène-toi, bon sang, pourquoi tu lambines comme ça ? Tu crois que j'ai des hésitations, des regrets ? Pas une once, tu peux me croire. C'est le moment, tu vois bien. Pourquoi faut-il que je voie tous ces visages, ma sœur, ma fille, la voisine dont je me fous ? Pourquoi faut-il éprouver le remords, la perte, la solitude, encore et toujours la même bonne vieille solitude ? Pourquoi faut-il que l'on se souvienne jusqu'au bout que l'on est irrémédiablement seul au monde, et que cette évidence est intolérable ? Je me rappelle un film sur un vieux qui a Alzheimer, mais bien avancé. Il ne reconnaît plus les gens, les lieux, croit que sa fille morte est vivante, enfin, les trucs habituels. À la fin, on le voit dans un *home*, et il craque dans les bras d'une infirmière, il éprouve, au plus profond de son être en pagaille, la solitude consubstantielle à la condition humaine. Un film extraordinaire, avec Anthony Hopkins. J'ai oublié le titre. Mais vous l'avez sans doute vu ? Sinon, je vous le conseille chaleureusement, enfin, « chaleureusement » n'est peut-être pas le mot. C'est absolument génial, d'une violence inouïe. On nous rebat les oreilles avec la violence au cinéma, des sornettes ! Mais CE film, oui, il est violent, insoutenable même. Mais j'ai oublié le titre… C'est sorti quelques mois avant que j'apprenne que j'avais la même chose que ce type joué par Hopkins. ça vous fait comme un électrochoc. Vous vous dites, de ça je ne veux pas, pour rien au monde, Seigneur protégez-moi. Ou bien vous invoquez Kurt Cobain, c'est selon.

J'émerge d'une espèce de coma. Sous ma joue, ce qui semble bien être une large coulée de vomi, qui rejoint l'eau et se répand en grumeaux d'une couleur beige indéfinie et puante. Le silence est pénible, gluant, il m'enveloppe comme… comme du *slime*. Je voudrais des voix, oh non, plus de voix, plutôt de la musique, mais je ne vois plus mon portable. Je ne vois plus rien. Mon crâne fait un drôle de bruit, clac, clac, comme des os qui s'entrechoquent. Mais ce sont tes dents, vieille rosse ! Tes dents claquent comme des castagnettes. Coin-coin. Allo ? Qui m'appelle ? C'est la sonnerie du téléphone qui annonce un nouveau message. Si c'était toi, ma Victoire ? Si je ne réponds pas, tu vas t'inquiéter, appeler, venir peut-être ? Et alors... Oh non, non, non, il ne faut pas que tu me trouves, pas toi, n'importe qui mais pas toi. Mon abdomen se déchire, je jurerais qu'il s'ouvre tant la douleur est atroce ! J'essaie de voir ce qui se passe dans mon corps éventré, mais l'eau ressemble à du pétrole, je ne distingue plus rien. J'arrive à sortir une main de cette poix et je tâtonne sur le rebord de la baignoire, je trouve encore deux, trois cachets, je les avale avec l'eau du bain, qui n'a pas un goût de pétrole, mais de fer, de sang... Mon cœur bat trop fort, trop vite, je le sens qui voudrait sortir de ma poitrine. Mais il me semble qu'il ralentit soudain, brusquement, et puis il ne bat plus qu'une fois sur deux, sur trois ?

La porte... dans l'embrasure quelqu'un se tient. Merde, je pense, merde, foutez-moi la paix, laissez-moi crever tranquille ! La personne parle, c'est ma mère. Ma Domdom, tu ne peux pas faire ça, tu le sais. Les gens comme toi vont en enfer, tu le sais quand même, voyons ! Tu es si négligente, un peu je-m'en-foutiste sur les bords, après moi les mouches, tu as toujours été ainsi quand tu étais enfant, ma chérie, mon bébé adoré, ma Dominique. Heureusement que ça a changé avec l'âge, que tu es devenue une fille raisonnable. Allons, cesse de faire l'enfant difficile et sors de là, prends ton téléphone si tu ne peux plus te lever, il est là, tout près de toi, oui, à gauche, ta main le touche presque, allez, un petit effort... Deux clics et tu parleras à quelqu'un. On viendra, on t'emmènera à l'hôpital, on te sauvera peut-être. Mais je ne veux pas, je ne veux pas être sauvée, maman ! Mais si, tu veux, tout le monde veut être sauvé. Toi, Dominique Biron, tu ferais exception ? Non, je ne crois pas, ma chérie, tu es comme nous tous, tu n'es pas meilleure ou pire, tu es dans la moyenne, ni plus ni moins, je ne sais pas ce qui a pu te faire croire le contraire… Écoute-moi, Dominique, ma chérie, calme-toi et écoute : on te sauvera de la mort, de toi-même, des flammes de l'enfer, de la honte qui retombera sur ta famille, notre famille, même sur nous, les morts, pense à ton pauvre père, à moi qui t'aime tant. Pense à la honte, Dominique. Ah, je vois que tu redeviens celle que je connais, ma Dominique soucieuse de sa réputation, de celle de ses proches, une Dominique conciliante, celle qui ne fait pas de vagues, jamais, sous aucun prétexte, c'est sur des gens comme cela que se bâtit une société harmonieuse, sûre, un monde où il fait bon vivre. Vous êtes bien d'accord, vous autres qui nous écoutez, là, dans vos maisons, dans vos bureaux, à vos terrasses, auprès de vos cheminées, de vos piscines, de vos barbecues ? Bien sûr vous êtes d'accord, alors aidez-moi à la raisonner au lieu de ne rien dire, de lorgner par le trou de la serrure en attendant l'irréparable ! Oui, encore quelques millimètres, Domdom, tu y es. Nous te regardons, chérie, et nous t'aimons. Tout le monde ici t'aime et te félicite ! Nous te félicitons ! Jésus te voit et est très fier de toi. Tu seras récompensée au Ciel, et le père Noël te fera de belles surprises. Mais… mais, enfin, Dominique ! Espèce de vilaine fille ! Tu as laissé tomber ton portable dans l'eau ! Et tu l'as fait exprès !

Je suis si déçue, si en colère, je… non, pas que… Vraiment, tu es… ça alors… Mais faites quelque chose, vous, là… Et toi, Henri… Regarde un peu… Oh la la la la… Plus rien à faire… Seigneur Dieu ! Oui, peut-être mieux vaut… C'est ainsi, après tout. Tu veux, Henri ? Un café ? Ah, bien sûr, avec un morceau de tarte au riz… Voilà… Tu disais ? Pas avant demain, je crois…

Ouf. Foutu le camp. Enfin la paix. Enfin dormir. Mais vous, vous êtes toujours là, je suis sûre ? Ben tiens ! Oh, vous entendez, dans le lointain ? Une guitare et… cette voix, vous la reconnaissez ? *Come as you are, as you were, as I want you to be…*

Du même auteur
Au Cherche Midi

*Today we live*, 2015
*De profundis*, 2016
*Loup et les hommes*, 2018
*D'innombrables soleils*, 2019
*Les Reines*, 2022

Chez Philippe Rey

*Rompre les digues*, 2021

Cet ouvrage a été achevé d'imprimer en avril 2024
dans les ateliers de Normandie Roto Impression s.a.s.
61250 Lonrai (Orne)
N° d'impression : 2401877

*Imprimé en France*